燈火萬家

季士君 著

© 季士君 2025

图书在版编目（CIP）数据

灯火万家 / 季士君著. -- 大连：大连出版社，
2025.4. -- ISBN 978-7-5505-2384-5

Ⅰ.I267.1

中国国家版本馆CIP数据核字第2025UT7337号

DENGHUO WANJIA
灯 火 万 家

出 品 人：王延生
策划编辑：代剑萍　尚　杰
责任编辑：尚　杰　张海玲
封面设计：王天用
责任校对：安晓雪
责任印制：刘正兴

出版发行者：大连出版社
　　　地　址：大连市西岗区东北路161号
　　　邮　编：116016
　　　电　话：0411-83620245 / 83620573
　　　传　真：0411-83610391
　　　网　址：http://www.dlmpm.com
　　　邮　箱：dlcbs@dlmpm.com
印　刷　者：大连市东晟印刷有限公司

幅面尺寸：140 mm×210 mm
印　　张：9
字　　数：172千字
出版时间：2025年4月第1版
印刷时间：2025年4月第1次印刷
书　　号：ISBN 978-7-5505-2384-5
定　　价：58.00元

版权所有　侵权必究
如有印装质量问题，请与印厂联系调换。电话：0411-87835817

目 录

引 言 / 001
善 治 / 003
祈 愿 / 032
沁 润 / 059
共 济 / 085
薪 传 / 110
坚 守 / 137
蝶 变 / 169
偕 行 / 197
奔 赴 / 222
提 升 / 249
结 语 / 276
后 记 / 279

引言

社区，是我国早期社会学家翻译西方社会学著作时提出的概念，是指聚居在一定地域范围内的人们所组成的社会生活共同体。

《中华人民共和国城市居民委员会组织法》规定："居民委员会是居民自我管理、自我教育、自我服务的基层群众性自治组织。"在日常生活中，人们通常把居民委员会称为社区。

无论怎样定义，"社区"一词强调的都是人群内部成员之间的文化维系力和内部归属感。

社区是城市居民生活和城市治理的基本单元。据研究，我国城市居民平均约75%的时间在居住社区度过。随着社会治理结构的转变，基层社区日益成为各种利益诉求的交汇点，社会治理重心也不断向社区转移。于是更多的人开始重新审视这个身处其中却又极少关注的组织，也开始逐步了解和认识朝夕相处的社区工作人员。

在大连金普新区先进街道，所有社区都是勠力同心的团队，每个社区工作人员都是充满活力的词语，为日新月异的城市挥洒激越的诗句；所有社区都是众志成城的集体，每个社区工作人员都是热情洋溢的音符，为蓬勃发展的家园谱写优美的乐章。

有了社区工作人员的付出，更多的获得感与幸福感写在居民的笑脸上，成为守望相助的幸福印记；有了社区工作人员的操劳，城市发展与居民生活同频共振、双向奔赴，实现了社区有颜值、有温暖、有内涵，居民有归属、有认同、有尊严。

人来人往的街巷，他们跋涉的脚步标注着城市品质，也寄予百姓血脉相连的美好期许；车水马龙的路口，他们忙碌的身影升华了城市精神，也成为彰显道德高度的"塑像"。

一桩桩感人至深的故事，见证着不忘初心的精彩瞬间；一个个令人敬佩的瞬间，凝聚了履职尽责的优秀本色；一幕幕动人心弦的场景，饱含了以人为本的公仆情怀。

大千世界，他们是最明媚的春光；灯火万家，他们是最灿烂的星辰。

善治

　　天下之治，始于里胥。社区就像一个大家庭，每天都上演着各式各样的家长里短。有人关心整个社区的"大账本"，有人考虑自家琐碎的"小算盘"，只有坚持把"千条线"拧成"一股绳"，才能把基层治理的"末梢"变为服务群众的"前哨"。

　　初夏时节，晚霞映红了天际，细风轻拂着杨柳，树丛里间或传来几声鸟鸣。

　　康居小区16号楼前，一个个小板凳摆放在楼院广场上，三十多位居民围坐一起，正在热烈讨论着。有位大爷来晚了，喃喃自语道："下次不能逛菜市了，得早点来占个好位置。"

　　这么多人聚在一起干啥呢？怎么还需要提前抢座位？

路过的人们难免有些纳闷儿,康居社区的居民便为大伙儿解开疑惑,原来这里正在召开"小板凳"议事会。

小区里多是家长里短、鸡毛蒜皮。门前谁扫雪?院里谁种花?邻里纠纷谁来管?居民难事怎么办?这些看似芝麻一样的小事,实则是关乎百姓生活品质和幸福指数的大事,社区治理的"小故事",透着国家治理的"大文章"。

让居民学会"自己管自己",将社区事务"还治于民",康居社区顺势而为,打造了"小板凳"议事会的自治平台,将"小板凳"搬进楼院,让居民面对面、零距离、有温度地沟通交流,这样的方式接地气、冒热气、聚人气,既能解决实际问题,又拉近了彼此的距离。

于是,这小小的板凳,原本在很多人眼里属于唠嗑拉呱儿的标配工具,在议事会上却变得格外抢手。

家住5号楼的张大爷,今天特意抢了第一排的座位,议事会一开始,就亮起大嗓门:"花坛里都种上菜了,这个事谁管啊?"话音未落,就把几根小葱扔在地面上。今天"小板凳"的主持人郭俊经验丰富,马上搬着小板凳坐在张大爷边上:"看您老人家,还是这么个火暴脾气,咱今天不就是说事吗?先消消气慢点说,大家才能给你出谋划策,对不对?"

这么一说,张大爷也觉得自己有点过于激动,便清了清嗓子,慢慢说出他为什么事儿而闹心。原来,张大爷开春时自己买了花种，种在楼下的花坛里，小苗刚刚露头，还没等打骨朵开花，就被一排小葱霸占了位置，这给张大爷心疼的，血压"噌"地升高了，非要到社区讨个说法。邻居说去社区还不如去广场议事会呢，让邻里邻居评评理。张大爷薅了几根葱，就来到小广场，这才有了这个火爆的开场。

本着"事不过夜"的原则，"小板凳"议事会马上就张大爷的问题展开了讨论。

"前期，网格员入户走访时，有人反映部分住户私自铲除绿化带，种韭菜栽小葱，别人去劝，他还不乐意，邻居间闹得很不愉快，今天借着张大爷的'花园'变'菜园'这件事，我们一起叨咕叨咕，这事到底咋办？"议事规则和程序大家都很熟悉，所以无须更多的客套。宋炎哲是康居社区居委会主任，她首先直奔主题抛出自己的想法。紧接着，参会人员你一言我一语，七嘴八舌议论开来，时而还各执一词针锋相对。

"俺家楼前就有种菜的，夏天打药，我都不敢开窗。"家住一楼的孙大姐头一个发言。"再说了，好好的花草被铲了，也影响小区环境。"楼长老赵接上话茬。

"我看还是帮我找一找，到底是谁把我的花拔掉了。"张大爷还在耿耿于怀。

"不用找了，是我干的。"板凳间站起一位中年男子，不好意思地挠挠头。大家一看，原来是平时在劳务市场打零工的小钱，他刚搬到这个小区不到半年。前段时间干了一个装修的活儿，今天刚验收完毕，他才有空，同时也是抱着好奇的心理，参加了这次议事会，没想到自己竟成了会上的"反面典型"。

"听了大家的谈论，觉得挺对不起张大爷，我接受批评，也愿意买来花苗，帮助重新栽植在花坛里。"

郭俊见状，就趁热打铁说："我觉得，小区里的绿地大家可以自愿认养，栽树种花既满足了耕种情怀，又实现了小区绿化，岂不一举两得？"这个方案很好，话音刚落，许多人点头称赞。

"我第一个报名。"小钱举手说。加上张大爷，现场就有七位居民踊跃报名。

第二天，认领绿地的话题还维持着热度，辖区所有花坛很快被"抢"认一空。

为了更好推进花坛管理，宋炎哲安排城管专干张万军去金发地市场精挑细选了月季、石竹、丁香等苗木，又建了一个"花卉达人"微信群。群公告第二条就写着：通过线上线下结合，社区计划请一些高手讲解养花的经验技巧，供大家一起分享、交流。

你养花来我种草，你挑水来我浇园，鸟语花香和笑语欢声交织在一起，在小区里荡漾。为了方便居民赏景观花，社区的于伟伟还发动志愿者，在北舍、王家房等小区安装了一批新座椅。

居民和物业像一对欢喜冤家，合则亲如近邻，斗则各不相让。

家里好多事情没人管，业主对物业服务不满，拒交物业费如何处理？

近期雨水多，导致小区内道路积水，向楼道口倒灌，眼看又要到雨季了，这个问题怎么解决？

许多老楼的楼顶上，原来安装了密密麻麻的太阳能热水器，现在基本都已弃用，可是没有拆卸，如果被大风吹落，砸到路人怎么办？

桩桩件件都是居民的愁事、难事、急事，也是议事会关注的焦点、热点、堵点。

社区工作人员随时接收居民反映的问题和建议，让物业管理方参加议事会，架起沟通的桥梁。话越说越亲，心越拉越近，居民有地儿说事理事，物业也愿意承担责任，激发了双方参与社区治理的热情，共同寻找解决问题的途径。

热心居民任老师说："以前，同住一个单元的邻居，见了面都不认识。现在有了议事会，认识了很多邻居，我们都把社区当成一个家，遇事大家商量办，互动的过程中，就解决了烦心事，还增进了邻里间的感情。这个小区是越住越顺心啊!"

宋炎哲也感慨良多:"有一些居民并不是故意为难或者找碴,他们的确把社区当作呼风唤雨、神通广大的部门,所以在他们看来,有事找社区似乎天经地义。但其实社区工作也是有边界的,所谓'自治',就是让居民明白,不能大事小情都'躺'在社区身上,而要同心协力出谋划策。"

"小板凳"虽然小,解决问题却不少,通过面对面交流沟通,将政策宣讲、民主议事、建言献策、志愿服务等内容融为一体,居民都自觉成为活动的参与者和受益者。

一次,居民自发搞了个"赛诗会",大家踊跃登场,朗诵自己的"大作":"小板凳,排排坐,左邻右舍论对错。你来讲,我来说,美丽楼院结硕果。""康常在,居安逸,小板凳上是主角。忆往昔,看今朝,解决问题有成效。""坐板凳,唠家常,喜怒哀乐敞开讲。西家短,东家长,大事小情好商量。"

治理由"群龙无首"到"核心引领",服务从"简单粗放"到"精准精细",形成自我管理、自我服务的微治理局面,引导居民合心、合意、合作、合力,实现邻里和睦、楼院和谐、相互和顺、共处和美。

初春的天气乍暖还寒,一大早刚上班,金润社区主任王英民就冒着蒙蒙细雨，带领刘娜、丛贵闯和"牵手夕阳"服务队成员，来到宋连红老人家中，送她走"最后一程"。老人的亲戚紧紧握着王英民的手说："在社区照顾下，她的晚年生活很安详，真是不知道怎么感谢你们才好。"

宋连红是金润小区的一名孤寡老人，几位远房亲戚都住在外地，日常生活没人照顾。八年前，王英民就和宋连红结成了帮扶对子。春天时王英民和家人带着老人去看樱花，重阳节带老人到社区趣味运动会看热闹，过年过节把热气腾腾的饺子送到老人家中，平时帮老人看病买药更是家常便饭。一年又一年，老人早已把王英民当成自己的女儿，她把工资卡给了王英民，还说："孩子啊，我无儿无女，你就是我的亲闺女，你看好啥就用我的钱买。"老人的事儿必须丁是丁，卯是卯，不能有半点差池，别说花老人钱，王英民自己都算不清，这些年为老人花了多少钱。

金润小区老年人比例高，如何做好服务是社区一直聚焦的事情。社区倡导的"聆听百姓之怨、倾听百姓之苦、常听百姓之需、乐听百姓之谏"活动，更是靶向施策，全力解决老年人群体的民生难题。

送走宋连红老人，王英民又与其亲戚商量后事处理事宜。"不好了，那边吵吵起来了，看样子还要动家伙呢。"网格员于阿姨气喘吁吁跑过来说。王英民急忙询问缘由，原来城管执法队准备拆除一个私搭乱建的帐篷，里面有一些老年人正在打扑克，听说要拆除帐篷，他们即刻炸了锅。

大连地区流行一种本地人情有独钟的打牌方式叫"打滚子"。曾经有一句话，只要有大连人在的地方，必定有一场"滚子"正在进行，或者"三缺一"正准备进行。

金润小区里的老人们也经常聚堆，凑成几桌"滚子"局，当初为了争场地，两派人马还发生过争执，也是社区进行调解才将事态摆平。刚开始时，打牌都在露天，后来天气逐渐凉了，有人就自发搭建了帐篷，这样就可以全天候"作业"了。

这次环境整治专项行动，执法部门要求将帐篷自行拆除，老人们都没当回事。社区工作人员过来劝过几次，尽管老人们的态度不像开始那样强硬，但是思想工作还没全做通。本来，王英民那天打算继续过来做工作，因为宋连红老人去世，临时打乱了她的计划，没料到执法队为了准备全区的检查，将"行动"提前了，结果就发生了争执。

刚赶到现场，王英民就被老人们围在中间。"你们把帐篷拆了，我们到哪里打扑克？""小王，你不是社区的头儿吗，天天说要为人民服务，你看看怎么对付我们这些老家伙吧！"当初争场地的两派人马，此时也统一了思想和行动。

王英民急忙说："扑克要打，小区的秩序和环境也要讲究，这个帐篷影响环境美观，而且存在安全隐患，是一定要拆除的。但我向大家保证，肯定帮你们解决活动场所问题，如果解决不了，你们就到我家玩。"听罢王英民的表态，老人们的态度也缓和了，大家一起动手，配合执法人员将帐篷拆除，还将周边的环境清扫干净。

随后，王英民反复和老人们协商，听取他们的想法，又向街道申请了服务群众专项经费，用于筹建老年人活动中心。仅用半个多月时间，四个轻钢彩板房就在广场的一角建起来了，还按照需求配备了相应的活动设施。一位号称"扑克迷"的老大爷开心地说："感谢英民让我们有了一个新家，咱可得好好享受这乐乐和和的好日子！"

"谁都不想把一手好牌打得稀里哗啦，但抓牌出牌是有技巧的，处理居民的事情也同理，不能总是针尖对麦芒跟他们对着掐、呛着干，相互理解才会相互成就。"王英民的观点与一直跟踪处理此事的王婧不谋而合。

一拆一建，拆掉了安全隐患，也拆掉了社区与居民之间的隔阂，建起了老有所乐的活动场所，也建起了居民的信任和拥护。

看到老人们开心的样子，王英民不由得想起刚到社区工作的那段日子。王英民心地善良、乐于助人，参加工作之前，她一有空就向街坊邻里施以援手。不过，当父母希望她能入职刚成立的社区时，她却毫无准备。

放弃原有工作，面临新的职业抉择，她一时拿不定主意。这个时候，一位曾经得到她帮助的老大娘找来说："闺女，希望以后能有更多的人像我一样有好运气,遇到你这样热心肠的人。"耳边听着情真意切的话语,眼里是老人期待的笑容,王英民下了决心:就在社区干吧,这个平台能够帮助更多的人。

这一干就是二十多年,她将自己最美好的年华都用在社区工作上,把几乎所有的情感都倾注在居民身上。一位播撒真情的耕耘者,用二十多年矢志不渝的追求,在人生的答卷上写下了,什么是可贵的放弃,什么是真正的拥有。

几位老大爷的话,打断了王英民的回忆。"英民啊,能不能办个比赛,给我们发点小奖品?"老张说。"你就知道奖品,手那么臭还想拿奖?"老李说。"有没有奖品不重要,重要的是可以切磋切磋,看看到底谁技高一筹。"老耿说。

王英民最喜欢这样一句话:"择善人而交,择善书而读,择善言而听,择善行而从。"老人们的想法也启发了王英民,得想办法让活动的参与性娱乐性更强,也要想想如何借助这个活动,打造一个社区治理的新平台。

回到社区办公室,王英民和大家一商量,活动方案很快就敲定了:依托社区正在进行的"帮为首、居为先、安为重、乐为主"活动,周末就举办一场"打滚子"大赛。

高手在民间,臭手也在民间。别看平日老头儿老太太都和和气气的,一到牌桌上就谁也不服谁,过去因为没有裁判,都是公说公厉害婆说婆厉害,还常常辩论得脸红脖子粗，现在有了比赛，胜负就靠真本事了。

"我先亮主，红桃。""三张六，一滚子，没有牌能压上吧。"大家都使出浑身解数，现场气氛热烈，呐喊叫好声此起彼伏。

颁奖之后，劳动保障专干于颖把大家留下，举办了用手机进行退休人员生存认证的宣讲会，她发放了简单易懂的操作流程，还将手机号码告诉大家："叔叔阿姨，在提升打滚子技巧的同时，也要学会使用智能手机做认证啊。"

"大家都学会了，就不用总折腾来社区办业务，有更多的时间打牌了。"王英民幽默又贴心的话语，又赢得一片赞许声。

老吾老以及人之老。在家里，王英民是父母膝下孝老尊老的好女儿；在社区，王英民是辖区所有老人跟前敬老爱老的好主任。

平时，她更愿意对身边人说，人与人之间永远都是相互的，懂得珍惜才配拥有，只有在乎才能永久。她还唱道："这世界有那么多人，多幸运我有个我们……"

社区治理，居民既是最大的受益者，又是重要的参与者。现场问题现场看，现场事情现场办，让居民管好"自家事"，既要搭建人人参与的广阔舞台，更要注入人人共享的源源动力。

吃过晚饭,人群又开始聚集了。三五人,十几人,上百人……人越来越多,这已经是居民连续四天采取集体行动,而且是有组织有计划的。

"建垃圾压缩站我不反对,但不能建在我家楼前!""垃圾处理起来既有气味,又有噪声,附近的住户连窗都不敢开。"大家各抒己见,反对的理由各不相同,反对的声音空前一致。

"凭什么?"这一位的情绪表达更是言简意赅,一万个不服蕴含其中。还有一些人嘴上不说,脸上也是阴云密布。

前段时间,在迎接国家卫生城市复审过程中,检查组发现民馨小区垃圾箱容量不够,不但点位少,运送距离也远,每处垃圾箱刚清运不久,周围又会出现垃圾遍地的情况。

城建部门为了改善居住环境,也为了适应垃圾分类的需要,准备与物业一起,在小区选址新建一个垃圾压缩站。

有消息灵通的居民听说后,就在微信群里进行了告知,结果一传十十传百,许多居民不由得担心起来,明确表达了反对意见,还打12345热线进行投诉。这两天的热线真是"热"到烫手,一个个问题反馈到社区,工作人员只能全身心投入反馈和解释当中。

或许觉得线上发声不够强烈,部分人就策划了线下现场表达诉求的行动。经过一次次劝解,居民倒没有采取过激行为，也基本做到好聚好散。但问题没有解决，别无选择的"社区人"终究还是要扛下所有。

别看垃圾不起眼，这可是须臾也离不开的民生大事。建垃圾压缩站是大家的事情，既然是大家的事情，不妨就以有事好商量、难事先合计的原则处理。民馨社区按以往的议事惯例，赶紧组织召开座谈会，主管部门领导、物业方、网格员、居民代表等悉数到场，一张圆桌前挤满了人。

"据统计，我们每人每天产生的垃圾就有1.5公斤，随着人口快速聚集，生活水平不断提高，废弃物也越来越多，简单的传统处置法已经难以为继，设立垃圾压缩站能很好解决这个问题。"主管部门人员用专业知识解疑释惑。

"咱们自己产生的垃圾，总不能送到别的小区吧，也不可能等着别的小区居民来帮着收拾，所以说垃圾处理人人有责、家家有责。"社区工作人员用掏心窝的话语争取居民理解。

"你们这么说我就明白了，可明白归明白，我还是会反对。""先不管反对有效还是无效，这段时间垃圾箱已经在超容量收纳，你们也都看到了，很多垃圾只能扔放在外面，蝇飞蚊舞，臭气熏天，垃圾箱反倒成了污染源，这种情况总不能无限期继续下去吧。"说着说着，火药味又上来了。

平时搞活动一向很少参与的居民，那天不但积极赶来参会，而且踊跃发言。这是好事，既然选择在一起说道，就应该打开天窗说亮话，真正进行一场不管是良性还是非良性的互动。

"楼下总是一大早就开始清运垃圾，'哐啷哐啷'的声音严重影响我们休息，希望有关部门能更改垃圾清运时间。""有人利用天黑时间乱抛乱扔，社区在管理中存在不作为的现象。"

本来并非开放式话题，可是越聊越散，建垃圾压缩站的事没谈拢，却拎出两个新问题。不过既然有居民把问题抛出，也不能一推六二五，该解释的要解释清楚，该做的工作还是要做的，这也是社区工作人员应有的觉悟。

垃圾清运车每天清运垃圾的线路，以及清运时段，都是城建部门安排的。正好该部门人员也在，现场拍板立即解决。

至于乱扔垃圾的问题，你不提我也是要提的。社区城管专干赵春可算逮着机会了："以前为了找到乱扔垃圾的居民，我们社区可是绞尽脑汁，既蹲坑守候又跟踪追击，但一直没从根本上解决问题，部分居民素质有待提高，总是把垃圾扔到不该扔的地方，还跟我们打起了游击战。"

乱扔垃圾的板子打在社区身上，明显不公平，居民自己的事情，还是要增强自律意识，定时定点分类投放，同时也要互相监督。真是事情不辩不明，又一个问题迎刃而解。比起社区的"直接服务"，其实引导居民提升自我解决问题的能力更为重要。

还是回归到主要议题，有的居民态度逐渐转变："说实话，小区里的垃圾箱的确又少又分散，就像我们这栋楼，去哪里扔垃圾都很远，多设几个垃圾投放点，或者建个垃圾压缩站，都有必要，投放方便了，有人可能就不会乱扔了。"

居民对垃圾压缩站的点位设立有意见，也能理解，毕竟谁也不希望自家楼下就是垃圾站，很多人的思维还停留在对垃圾站脏乱差的印象上。事实上，现在的垃圾站配套设备齐全，能将垃圾投放及分类的整个过程数字化、智能化，还能对居民垃圾分类习惯的养成起到促进作用。

第一次会议没有达成共识，只能搁置争议暂且休会。在这件事上，社区基本以倾听为主，很好地进行了角色定位，没有站在居民的对立面，也配合了城建部门的工作。他们相信，只要进行有效的引导化解，再棘手的问题最终都会迎刃而解。

只要有人群的地方，就有"群主"，让他们首先转变观念尤为关键。在民馨社区主任柳庆的提议下，社区组织部分居民代表，实地参观了周边小区已建成的垃圾压缩站，用事实说话，改变了他们的固有印象。

与此同时，城建部门也考虑到居民的实际感受，调整完善了原来的规划，在小区旁边供热站的墙外，选择一处暂时没有利用且面积刚好适合的空地，新建了一个垃圾压缩站，既与居民区有一定距离，又在社区覆盖的半径之内。

皆大欢喜。

立足老旧小区多、居民构成多元、治理情况复杂的实际情况，创新治理模式，融入多元力量，做到隐患有人问、问题有人说、有事大家办，实现社会治理从"独奏曲"到"大合唱"的转变。

"我跟你说啊，赶紧安排人把工业区那个废品回收站给清理了，明天早上遛狗时要是还没清理，我可要豁出脸去投诉你们社区！"看上去文质彬彬的小孙打来这个电话，给桃园社区主任陈锡泊弄得丈二和尚摸不着头脑。

"小孙，你上周还来社区参加活动，今天怎么快速实现了角色转换呢？到底谁招你惹你了？""反正我也不把社区当外人，就跟你吐吐槽，女朋友给小狗亲手织了个小鞋套，我今天早上遛狗，在废品回收站前面，鞋套刮到了一根废铁丝，小狗一跑，好好的鞋套就开线了。女朋友说我不珍惜她的礼物，现在还没哄好呢，就是废品站惹的祸，你说我冤不冤？""冤，实在是冤。"陈锡泊顺着小孙的话说。

"我还没说完呢，那儿周边的卫生也不好，跟咱上周清理的陶然居小区，差得可不是一星半点，我随手拍了照片，不信发给你看看……"听完小孙的诉说,陈锡泊又想笑又为难,笑的是现在的年轻人谈恋爱真挺不容易,为难的是那个废品回收站周围的环境,因为不断有新旧垃圾运来运走,清理之后总是出现反弹。

都说社区就是居民的大管家,啥时候都得把群众呼声作为第一信号,把群众需要作为第一选择,把群众满意作为第一标准。陈锡泊带人把废品回收站周边的情况又重新查看了一遍,就去了街道办事处。

"李队,咱们社区服装厂周边的废品回收站没有证照,最近居民总投诉,而且我们去现场看了,有很多老化的电线等,存在严重安全隐患,能不能想办法给清除了?"说完,陈锡泊打开小孙转发的照片。

综合执法队队长李玉峰第一时间赶到现场,又喊来了废品回收站的经营者。"老哥,咱们这个区域是禁止从事废品回收的,垃圾乱堆乱放对周边环境影响太大,还容易引起火灾,更何况你还没有任何手续,劝你最好能自行清理,还能减少一些损失。"经营者自知理亏,表态三天内一定清理完毕。

废品回收站倒是清理了,社区也松了一口气。可附近的工业区里有很多工厂,产品的边角料很多,保不准啥时候又会新冒出来一个回收站,要从根本上解决问题,还得琢磨个长久之计。

"叮咚"，正在琢磨的陈锡泊手机响了一声，一看又是小孙，先是一个赞扬的表情，随后又发来一组照片，原来是他家三楼居民家的木柜放在楼道里。"这是第一天搬出来，你们早点去劝劝，是不是工作能好开展？"陈锡泊随即安排人去了现场。

这几年，在市容环境整治方面，社区是出力流汗还费脑筋，因为人手有限，常常是摁下葫芦起了瓢。看着小孙发来的照片，陈锡泊灵机一动，想了个妙招：何不用拍照片的形式，发动居民互相监督呢？她还起了一个形象的名字——"随手拍"。

"就是以网格群为基础，发动辖区居民把社区管理中出现的问题，通过照片及时上传，那咱就有好多眼睛和耳朵。"在现场会上，网格员张海说。

9月11日8点15分：桃园小区8号楼附近路面坑洼不平，有积水，望有关部门予以解决。

解决情况：工作人员现场核实情况属实，立即联合市政和环卫共同对路面坑洼积水问题进行整治，共出动车辆1台，人员6人。

9月11日18点49分：陶然居12号楼烧烤店门口杂物乱堆乱放。

解决情况：第一时间联系店主，经协商后店主同意对杂物进行清理。

9月12日7点32分：广场附近有居民占用公共场所晾晒衣物，既不美观又影响居民健身。

解决情况：社区立即组织志愿者服务队寻找衣物主人，居民接受劝说立刻将衣物收走。

一张张反映问题的照片，一条条及时处置的记录，将越来越多的居民聚集在一起，还有一些居民害怕被"曝光"，也在不知不觉中约束着自己的不文明行为。

环境卫生、交通秩序、市政设施等问题，因为有了居民的参与和监督，得到点对点快速解决，社区管理也拥有了一个更加便捷实用的平台。事虽小，而功无穷，把一件件小事用心办好办实，便能积小善为大善，积小美为大美。

随着桃园社区开展"随手拍"活动的传播，兄弟社区也跃跃欲试。

"没想到随手拍了一张照片，问题这么快就解决了。"家住渤海社区的崔先生高兴地发现，路边占道经营的商贩不见了，"当时就是抱着试一试的态度，上传了一张照片，没想到当天就解决了。"

民馨社区居民通过"随手拍"，反映乱停车问题，社区第一时间给予回应，倡议小区居民文明停车，引来许多人的点赞。

"响泉小区车棚处有物品摆放，占用消防车道。"快递员小王在送货时看到这一幕，便在网格员群中发了信息和定位。很快，社区工作人员就在群里回复他，并安排工作人员前去整治。

鸿玮社区在"随手拍"基础上，还率先开启一条与百姓沟通的"灵通"之路，让"社区通"应用于各项事务之中，只须动动手指，就能在与社区"联通、灵通、贯通"的掌上便捷之路上畅行。

社区副主任于荣华既开心又开玩笑地对陈锡泊说："你说咱这个'随手拍'，算不算是有点发动群众斗群众的意思？""我们这是发动群众监督群众，当然更是监督社区，大家拧成一股劲才能形成合力。"陈锡泊一边从手机往电脑里导入照片，一边回答。

火爆"出圈"的"随手拍"，运用了"数字+文明"的治理模式，让每一位居民都转化成遍布城市角落的"毛细血管"和"智能感官"，构建起共治共享、精细精准的城市管理新格局。

从街角的绿地景观，到楼宇间的口袋公园，再到广场上的健身路径，集休闲、娱乐、健身等功能于一体的绿色空间，让幸福宜居指数不断攀升。同谋划，共推进，在家门口邂逅"诗和远方"，变得越来越"触手可及"。

"闺女啊，能不能帮我们拍张合影？"正急急忙忙往社区赶的秦佳，被正在赏花的老两口拖住了步伐。她本想说，还有五分钟就到点，给你们拍照我就铁定迟到了。可是话到嘴边，她又咽了下去，然后拿起手机一顿"咔嚓"，还轻车熟路带着老两口换了好几个拍照出片的好位置。

当她飞速跑进聚鑫社区，一看墙上的钟表，到底还是迟到了五分钟。"是不是早上又给孩子鼓捣好吃的？不过下次可不能迟到了，周大爷早就坐在这里，等着你来办业务了。"门刚推开，社区主任阎莉莉就冲她说道。"迟到的事接受批评，不过原因我可得汇报一下。"喝了一口水，秦佳接着说，"刚才路过七里公园时，有老两口喊我帮助拍照，我真没法拒绝，谁让公园景色太美，弄得我在路上还要为人民服务，求表扬。"

忙碌一个上午后，南雯雯、张晓慧等几位同事，午休时间来到七里公园散步，欣赏繁花盛开的美景。

春天，最先出现的是迎春的鹅黄色，唤醒了接踵而来的各种鲜亮的嫩绿，一树树樱花随着春风轻盈飘舞，撒落在游人的发间鬓旁，清秀的杏花、粉嫩的桃花、白洁的玉兰，还有树下随处可见的小野花，都在用旺盛的生命力，点燃无处不在的鲜艳和热情。

短暂的休息时光很快过去，同事们拍了很多照片。没想到下午回到社区，开会研究的事情又和七里公园有关。

"咱们前段时间主题教育启动的时候,在门口放了个征求意见箱,本来以为和往常一样,箱子里面什么都不会有,今天情况有变化了啊,同志们。""咋了,有投诉吗?""不是我早上迟到,被周大爷投诉了吧?"与秦佳一样,大家对意见箱的内容猜测议论起来。

"放心吧,不是投诉件。"阎莉莉笑着说,"但是,意见箱里面有五份手写的建议,都是让咱们帮着把七里公园的环境治理一下,再增添点健身设施。我估摸是退休的叔叔阿姨提的,这几天下网格时大家再了解了解。"

周日,聚鑫社区的工作人员组团参加了"一山观两海,云中赏杜鹃"大黑山杜鹃花海季活动,徜徉于烂漫绽放的杜鹃花海,还有登山健身运动会、春日簪花、传统民间技艺展示……每个主题活动都让他们兴致盎然。不过,这部分"游客"可不是一个"纯玩团",他们是带着任务来的。

经过摸底调查,许多居民都希望能够彻底打造一下七里公园。从大黑山赏花回来,一场居民议事会提上了日程,主题就是"议议七里公园那些事"。趁着春暖花开,社区的年轻人提议,不妨就把会场安排到公园里。于是,大家就聚集在公园西侧的凉亭里,有的居民带着小马扎,有的带着坐垫席地而坐。

"居民的大事、难事、急事,社区都应该管起来,群众有呼声有需求，社区就得有回应有服务，做到不该管的不越位，该管的不缺位，大家可以把想法都说出来。"阎莉莉说。

"这个公园有的路灯不亮，晚上遛弯不方便，能修修不？""能不能搞点打卡的牌子啥的？现在网红打卡地都有，拍照也好看，要不白瞎这些漂亮的花了。"一个议事会开了三个多小时，虽然名义上是议事会，可是现场更像是一家人的茶话会。

过了一段时间，工作人员就来到实地调研，设计施工单位也前来测量。依托现有景观重新升级改造的规划，很快就出来了。阎莉莉知道了消息，立刻告诉了议事会的成员，大家都觉得很振奋。

公园改造还在进行，议事会也没有停。

"你们去过开发区体育公园没？那里面有塑胶跑道，还有标记距离的小石墩，一看就知道走了多少步。""老张，你这是吃着盆里想锅里，咱这已经挺好了，别再给社区添乱了。""不是议事吗，我也就是说说。""公园里锻炼的人多，40号楼那个小胖子天天在山上跑步，别把膝盖跑坏了，最好能设个宣传栏，普及一下健身常识。"议事会的记录里，这些看似无关紧要的唠嗑都被记录下来了。

阎莉莉带领社区工作人员围着整个公园走了好几圈，感觉结合健康社区创建，设立一些绿色健康提示牌，能宣传普及饮食和运动的注意事项，也挺接地气，健身者还能从中受益。

"改造方案定完了，我们最好就别横插一杠节外生枝，要是再说建啥健康主题公园，领导不得说我们马后炮啊，还是别给自己找不痛快了。"有人表示担忧。"好不容易干个大工程，就因为怕被批评，就猫起来不吱声啊，再说这都是社情民意，我觉得上级肯定能支持。"高云秀放下手中的材料说。"我们可不是草台班子，既然是居民一票一票选出来的，就要当好居民的服务员，也要当好他们的代言人。"阎莉莉一锤定音。于是，社区再一次将打造健康主题公园的报告递了上去。

方案的操作性、可行性兼备，很快得到批复。在改造升级中，公园增加了健康生活的景观和告示牌，也设置了标识距离的小牌子，从公园的起点到终点正好围成一圈绿色健康步道。

从春日繁花似锦时提出方案，到夏日绿树成荫时调整方案，再到秋日彩叶缤纷时，健康主题公园就建成了。

如今，这个公园已成为城区最具"人气"的公园之一和网红打卡地。鲜花摇曳，绿叶婆娑，晨起时挥扇舞剑，阳光下击拍挥杆，午后凉亭中休息小憩，夕阳余晖中漫步于绿道幽径，可感受习习微风与啾啾鸟鸣交汇，合奏着一首自然和谐的乐曲。

推门见绿、抬头赏景、移步闻香……一条铺满阳光的绿色步道承载着民生幸福,一个花团锦簇的公园装满了百姓欢乐。向美而行,向好发展,社区新的"幸福答卷"正在徐徐书写。

全力构建群策群力、共治共享的小区大家庭,努力形成团结活泼、生动和谐的基层治理共同体,不断激发社区向心力和凝聚力,让大家同进"一扇门",实现"一家亲"。

"那年我在桃园社区工作,11号楼有位居民不但常年在门外堆放杂物,还私搭乱建小房子,引起周围邻居强烈不满,社区准备配合街道执法人员进行强制拆除。这位居民胆子挺肥,也不知谁给的勇气,打电话威胁我,还到女儿的托管学校吓唬孩子,女儿很害怕,无奈之下我只能给她换了托管班,顶住压力把这处违建全部拆除。"逯相辉应新入职人员的要求,谈起多年前自己的一段经历。

"还有一次,逯姐带领工作人员拆除一处违建时,搭建者一直骂骂咧咧,不时用木棍、砖头向他们示威,正在大家一筹莫展之际,逯姐身先士卒,不顾危险,自己拿着工具上前拆除。在她的带动下,大家不再理会示威谩骂,成功完成了整治任务。"曾经在桃园社区与逯相辉并肩作战的同事,又给大家讲起逯相辉"光辉事迹"的续集,听得年轻人心服口服，赞叹不已。

进入社区二十多年来，有委屈，有感动，有心酸。"市容整治难，难上加难的莫过于违建的拆除。"逯相辉深有感触。

随着万科城小区入住人口越来越多，为了方便服务居民，街道调整了响泉社区的管辖范围，新成立了万城社区。

新社区没有老社区那些老坐地户，什么工作都要从头抓起，从零开始。摆在逯相辉面前的是两个选择：一是留在响泉社区轻车熟路按部就班，二是去新社区重打锣鼓另开张。不顾亲友的相劝，当领导安排她到新社区挑大梁的时候，逯相辉没有犹豫。

"我要实名举报你们社区不作为，不只我自己，还要发动身边的商户一起举报……"门口不见人，已闻人语响。

逯相辉听声就知道是谁了，她可是在社区恭候多时了。说话的是吕晓玲，一名专业的音乐老师，在小区开办一家文化培训机构，经营乐器销售，还从事音乐推广考级业务。做信息登记的时候，她曾很配合社区工作，所以逯相辉根本没想过，她俩会以这种"劲爆"的方式再次交往。

其实还是因为"违建"这个导火索，刚入夏那几天，社区开展路边门店环境治理，吕晓玲那家店门口的招手牌被拆除了，她当时没在现场，回来一看就急眼了。"这招手牌是我私有财产，社区没有权力拆除，这件事到哪儿我都能说出理来!"因为招手牌,吕晓玲第一次走进社区。

看样子来者不善,吕晓玲不像是来解决问题的,而像是来发起"挑战"的。"此情此景,切忌被她带了节奏,一定要不急不躁。"逯相辉暗暗对自己说。对待这样的居民,她经验颇丰,还总结出共分为三步的处理过程:一是安抚情绪,二是认真倾听,三是对症下药。

逯相辉起身迎进了这位不速之客,为她倒了一杯水。"反映问题就反映问题,还整个实名,你不实名谁还不知道你,那么好的培训学校,我都想把孩子送你那儿熏陶熏陶呢!"

这句开场白,一下子给吕晓玲来了个措手不及,她想继续发脾气,又有点不好意思,毕竟人家夸赞了自己。但不发脾气也说不过去,今天就是来讨个说法的。

她索性先把水喝了,且听逯相辉的下文。"吕老师,你看拆除招手牌,也是对事不对人,更不是只针对你家,门口这趟街的违建都拆除了,就为了给大家营造良好的生活环境,我一说你肯定能理解。"逯相辉开始切入正题。

"逯姐电话,有人找。"还没等吕晓玲说话,逯相辉就被喊走了。坐着等待的时候,吕晓玲看着社区里每个人都忙成旋转的陀螺,接打电话的、接待办事居民的、答复前来咨询的……一想到自己为了那千八百块钱的招手牌就要投诉社区,她突然有点于心不忍。

逯相辉回来了,吕晓玲脱口而出:"安装招手牌时,也没想那么多，就是想做个广告宣传推广。""这个你放心，只要教学质量好，社区可以帮你向周边居民推介，不比那个招手牌好用？但我们不能瞎推介，下次要去现场观摩观摩。"吕晓玲连声称好，起身离开了社区。

从此之后，吕晓玲成为社区的常客，当然不是来找碴的，而是和爱人一起，加入了社区志愿者队伍。社区开展活动人手不够时，夫妻俩不仅积极参与，还主动为志愿者订购营养午餐和水果。

文明实践站的文化惠民活动深受欢迎，看到社区孩子多，从音乐学院钢琴专业毕业的吕晓玲就利用自身特长，开办了音乐课堂，每周免费给孩子上课。为了增加音乐氛围，夫妻俩一商量，还把店里的一架钢琴搬到了实践站里。

吕晓玲提前备课，精心设计教学环节，采用先进的奥尔夫音乐教学法，带着孩子在游戏和舞蹈中培养乐感，感受音乐带来的快乐。爱人是她最好的帮手，帮着准备场地和气球、纱巾、套圈等教具，女儿也来给爸爸妈妈帮忙，每次音乐课都是全家出动。

"越参与活动，越觉得社区就是我们辖区所有人的社区，大家都应当添把柴加把火，才能真正做到人人为我，我为人人。"在吕晓玲的带动下，共建单位纷纷走进社区，瑜伽、围棋、街舞、彩妆、产后修复等课程陆续推出。

看到社区课堂红红火火，逯相辉对一个同事说："要将心比心，以心换心，让每个居民都能自我反思和自觉行动，才能激活社区内在活力，没想到因为拆除违建，还拆出了感情，拆出了一批'积极分子'。"两个人不约而同笑了起来。

祈愿

　　民之所望，政之所向。远离灯红酒绿、纸醉金迷，百姓康宁是"社区人"最真切的祝祷，他们箪食瓢饮不改其乐。没有金钱纷争、权力角逐，家园祥和是"社区人"最诚挚的祈愿，他们栉风沐雨无怨无悔。

　　"我不回家，他往死打人！"

　　一个电闪雷鸣的深夜，当人们找到刘小峰时，他早已浑身湿透，瘦小的身子抱成一团，蜷缩在墙脚颤抖着说。

　　刘小峰口中的"他"，就是自己的父亲。

　　这一天，刘小峰父亲又喝得酩酊大醉，瞅啥都不顺眼，不但摔盆打碗，还将儿子摁在地上挥起拳头。智力残缺的刘小峰吓坏了，趁着父亲不注意，打开家门狂奔而出。临近傍晚，加之大雨滂沱，他很快就迷失了方向。

"老刘家又爆发'内战'，房盖都要掀起来了！"听见吵闹声的邻居急忙给社区主任柳庆打来电话。

楼下的金州烩勺面馆火得一塌糊涂，人声鼎沸。这段时间为迎接上级相关部门的检查，忙得昏头涨脑，柳庆寻思来吃碗面条。没有什么烦恼是一碗烩勺面解决不了的，如果有就再来一碗，于是，她一下子点了两碗，刚把炸好的葱叶放进汤里，准备慢慢享用，手机铃声骤然响起。

"老刘这个'酒鬼'，又开始作妖了。"柳庆与社区副主任赵春、妇联专干单丽娜第一时间赶到刘家。

门被敲开时，刘小峰的弟弟正拽着母亲衣襟，躲在她的身后，凳子上坐着醉醺醺的父亲。

"这日子真的没法过了。"刘小峰的母亲已经哭成泪人。

"老刘啊，你说说你这是干啥。"面对酒后头脑不清醒的刘父，柳庆蹲在凳子前，以老大姐的身份耐心引导，还帮助按摩手上的穴位，疏通经络，以缓解他的头疼。这一举动感动了刘父，他开始断断续续向柳庆诉说自己的苦恼。

刘家以前虽然生活条件拮据，但总体还算和睦。三年前，刘父因酒驾被判入狱四个月，出狱后就一直无业在家，渐渐染上了酗酒的恶习。一家人全靠刘母在包子铺打工的微薄收入度日，时间长了便开始争吵不断。刘父酗酒之后，争吵、厮打、摔砸东西成为常态。

柳庆一边劝导刘父,一边通过社区平台发布信息,发动大家上街协助寻找刘小峰,赵春和单丽娜也冲进雨中。

"大雨天,人能去哪?""万一找不到怎么办?""找到了如何安置?"……一连串的问题在微信群里讨论起来。

一小时,两小时,三小时……

门开了,赵春等人带着浑身湿透的刘小峰回到家中,刘母紧紧地抱住孩子,再次失声痛哭。刘父看到被雨水浇透的儿子,惭愧地低下了头。

第二天早上的社区例会,柳庆通报了刘家发生的事情,在大家七嘴八舌的议论之后,柳庆说:"要想让刘家的生活走上正常轨道,还得从根儿上帮困解难。"

刚毕业不久来到社区的小于不假思索地说:"一个大男人正事不干天天酗酒,怎么管?我觉得咱就多关注一下,别让他家出事就行了。"

魏海燕接过话茬:"你还年轻,不知道这样的家庭过日子的艰难,我这分管的就业业务里,有普惠制的技能培训,可以帮他们两口子联系一下,想办法引导他们从生活泥潭中尽快走出来。有了一技之长,还愁日子过不好吗?"这个主意好,大家一致赞同。

柳庆找到自己在医院的亲友,为刘父制订了戒酒治疗方案。当她兴冲冲来到刘家,要带刘父去医院时,没想到被他一口拒绝,没有理由没有原因,再登门,还是闭口不谈,三进宫，刘父索性躲出去了。

难道真叫小于说中了，这个人完全就是不可救药？柳庆不相信，她觉得其中必有蹊跷。

这一次，她又带着小于来到刘家，只有刘母自己在家，她见到社区工作人员不厌其烦前来帮忙，内心很是过意不去，便小心翼翼对柳庆说，刘父也不是不想去医院，而是因为他从狱里出来，又是出了名的"酒鬼"，担心出去丢人。

"这有什么丢人，我看你长此以往，不改掉自己的毛病，才是真正丢人。"一天早上，柳庆终于在小广场上，发现耷拉着脑袋溜溜达达的刘父，便耐心开导着他。

"既然这样，我就试试。"刘父终于吐口。经过一段时间的治疗，他酗酒成瘾的病已基本好转。社区又联系了位于辖区内的快递公司，帮助刘父找了一份送快递的工作，刘母则参加了普惠制的面点师培训，还顺利通过考试拿到了证书。

社区的叔叔阿姨们还为刘小峰买来学习用品，亲自把他送进了附近的特教学校。能够背上小书包，天天快乐上学的刘小峰，在路过社区时，还不忘进来打个招呼，然后蹦蹦跳跳地去了学校。

入冬的一天，刘父骑着电动摩托车，给社区送来一锅花式馒头，说是他爱人今天休息，特意给大家做点好吃的，希望大家别拒绝，这不算违反工作纪律，馒头啥的不值钱，

035

就是自家的一点心意。看着刘父脸上露出憨厚的笑容，之前的戾气一扫而光，大家觉得挺欣慰。

中午的饭桌上，柳庆问小于："馒头好吃不？"小于放下馒头说："这是我吃过最香的馒头，以前我还不理解你们，为了毫不相干的人付出那么多，现在我懂了，真心换真心，原来帮助别人真的会成就感爆棚。"柳庆一边暗想，这届年轻人的嘴真甜，一边纠正她说："这怎能说不相干呢，那是相当相干的，辖区的每一户家庭、每一个居民，与我们都有关系，而且还是相当密切的关系。"

"心中装着老百姓，才能把他们的事当作自己的事，用行动护佑一方安宁。"这是柳庆和社区工作人员一直秉承的理念。

很多矛盾背后并没有严重的利害冲突，难解的深仇大恨，有的可能就是为了"争口气"。化解矛盾首在"攻心"，社区就要有针对性地加强帮扶救助、心理疏导、法律援助，最大限度消解社会戾气。

"都这么晚了，还像年轻人一样拼命，你这老腰不怕彻底报废啊！"老伴儿将一杯热水放在桌子上，半是埋怨半是心疼地对陈志清说。老陈向上推了推厚厚的老花镜，又继续翻看着手里厚厚的《法律汇编》。

年过古稀的陈志清与法律打了一辈子交道，退休后也没丢掉自己的老本行，闲不住的他常常利用一技之长，为左邻右舍无偿提供法律援助。可毕竟了解自己的人还是有限，所以他一直觉得不够过瘾，认为浑身的武艺无从施展，于是主动找到桃园社区，希望通过社区的介绍，帮助自己揽点"业务"。而此时的桃园社区，也正想找一位业务精通、甘于奉献的法律明白人，对居民进行普法宣传教育，帮助解疑释惑。

双方一拍即合。由社区来当"二传手"，当然不是"中间商"要赚差价，而是考虑到老陈的时间和精力有限，社区就安排专人，接待那些需要帮助的人，集中搜集法律方面的问题，再分门别类加以整理，然后提供给老陈。

有一位行动不便的八旬老人，三个儿女因为家产分配问题闹意见，谁都觉得自己吃亏了，就都拒绝赡养老人，使老人的生活陷入窘境，患病了也无人在身旁伺候。社区主任和综治专干多次上门劝解，都未见效。得知这个情况后，陈志清想用法律武器为老人讨回一个公道。

那段时间，老陈忍着腰疼的老毛病，拎着装满法律书籍的手提袋，轮番走访老人儿女的家里和单位。不管你是和颜悦色还是恶语相加，也不管你是态度友好还是神情漠然，我就一个字——法，不赡养老人是违法的。晓之以法的同时，也会动之以情。老陈以自己的亲身经历，讲述那些子欲养而亲不待的事例。他说，很多不赡养老人的子女，在老人去世后都会后悔莫及。

最终，老人的儿女们被老陈感动了，经过社区的牵线搭桥，兄妹三人慢慢消除了隔阂，先后与老人恢复联系，开始履行自己的赡养义务，让老人在生命的最后几个月里，享受到了天伦之乐。

因为安装太阳能，桃园小区30号楼的两户居民发生了争执，社区出面调解被撵出了门。老陈知道后，亲自上门做两家人工作。其中一家人正在气头上，看见陈志清来了，就把气撒在他身上："你这个老爷子，是不是吃饭盐放多了，咋啥闲事都管，赶紧哪儿凉快去哪儿，今天这个太阳能我是非放那儿不可了。"全家人都蛮不讲理，把老陈骂了出来。但是执着的老陈并没被吓倒，仍旧继续耐心劝解，最后终于调解成功。

以前经常因为某些隔阂引发口角之争，甚至拳脚相加的居民，现在都会想到老陈，都愿意请他去自己家，用法律来解决矛盾和困惑。老陈也不负众望，帮助打赢了多场官司，其中最著名的一场，就是成功为200多名农民工讨回十年共336万元的欠薪。

有法才能走遍天下，引导居民形成自觉守法、有事找法、解决问题靠法的意识，各个社区也是八仙过海各显神通。

离婚冷静期、高空抛物、个人信息保护……鑫润社区请辽宁锦连律师事务所的律师现场解读《中华人民共和国民法典》。学校欺凌、性侵害未成年人、监护人监护不力……聚鑫社区通过线上线下的普法宣传活动,解答新修订的《中华人民共和国未成年人保护法》。播放儿童防侵害动画片、讲故事、趣味问答……渤海社区工作人员到辖区幼儿园,开设"儿童防侵害"普法小课堂。

选对的人,干对的事。相比之下,桃园社区设立的法律援助站,更是找准了定位,切中了主题,亮出了特色鲜明的"锦囊妙计"。

有了社区呼啦啦地一打旗,有了老陈响当当地一打样,轰动效应立刻显现,法律援助的队伍逐渐壮大。桃园社区十二名志愿者,每个月都到社区法律讲堂,为居民免费讲解法律知识,随时随地为居民解答法律问题。

已逾花甲之年的沈广金已经头发花白,打眼一瞅,就是一个不起眼的小老头儿,说起话来还稍显木讷,可一旦说起法律术语和条文,便立刻判若两人。他也是志清社区法律援助站的一名成员,对于申请援助的案件,总是事必躬亲。凡是来访者,无不来时带着愁云,去时面含笑容。

几年前的一天,有三位求助者从长春赶来。由于当时已是深夜,现找住处不方便,沈广金就把人领回了家。沈广金老伴儿为他们端上热腾腾的饭菜,并安排他们在家中住下。这一住就是一周。对方离开时想付给食宿费,沈广金毫不犹豫地拒绝了："我不图钱，只要你们赢了官司，我就高兴。"

沈广金想，很多求助者都是从外地来的，事情往往又不是一两天能解决的，何不腾出一间屋子，给他们免费提供食宿，以解决他们的后顾之忧呢？

沈广金的想法得到了社区的支持，不过社区没有让他腾出自家的住房，而是在附近找到一处闲置的房间，买来床铺被褥等用品，打造了一个临时的"爱心旅馆"，遇到有困难的求助者，就将他们接到"爱心旅馆"。

不足十平方米的"爱心旅馆"虽显简陋，一张双人床、一套桌椅就是仅有的家具，但这狭小的房间却先后收留过近百位求助者，有投资被骗血本无归的外乡青年，有因工伤落下残疾得不到赔偿的员工，有讨薪无门没钱回家过年的农民工……

彷徨无助之际，沈广金的"爱心旅馆"让他们得到家人般的温暖和关怀，而社区的法律援助站，更用法律的光束为他们拨开了人生航旅的迷雾。

"还别说，我们小区的老陈还真有点玩意儿！""帮人打赢官司，还分文不收，广金叔真有样！"邻居们都为陈志清和沈广金点赞。

"从前因为法律知识欠缺，不少居民一遇闹心事，就爱动嘴挥拳头，自从法律援助站成立后，吵嘴打架的少了，和睦相处的多了。"社区对各位成员的付出赞赏有加，认为此处真的应该有掌声，有热烈的掌声。

上面千条线，下面一根针。如何共绘平安祥和的生活图景，重点就在于社区的"一根针"，能否巧妙地穿起为民服务的"千条线"，再编织成基层社会治理的"一张网"。

一天深夜，响泉社区第三网格工作群内，出现一条特殊的信息：@所有人，请有时间的单元长、楼长、邻居们帮忙寻人。随后，失踪孩子的详细信息也即刻发到了群里。

不到五分钟，各个单元就陆续有人走出家门，大家在楼下会合。楼长廖阿姨轻车熟路，为自己网格的邻居安排着路线："老李大哥，你去阳光大药房方向，小杨你往生鲜超市方向走，我在楼前楼后转一遍，不管谁找到了人，都在群里说一声……"

事情是这样的，晚上9点多，正在家里贴着面膜追电视剧的刘佳接到廖阿姨的电话，说50号楼一个十四岁的孩子离家出走了，爸爸出差不在家，妈妈找了几圈都不见人影，又怕孩子自己回家进不了屋，不敢再出门了，于是哭着找到了楼长。

刘佳简单了解情况后，迅速在群里发布了寻人通知，让有空的邻居们都行动起来。然后她扯下面膜，换上衣服就去了这户居民家。

满脸憔悴的妈妈对刘佳说:"天天这次考试没考好,就是因为总偷偷看手机,耽误了学习。我说了几句,他摔门就走了……"见到刘佳,孩子妈妈就像找到了可以宣泄情绪的亲人,一会儿说孩子不懂事,一会儿又担心孩子找不到。

自家孩子已经上大学的刘佳,不由得想到了曾经的自己,快到更年期的中年妇女,对上刚进入青春期的孩子,完全就是火星撞上了地球。

"得想个什么办法,来调解这种因为爱而产生的家庭矛盾。"刘佳暗自思忖。

半个小时过去了,网格群里还是没有孩子的信息,刘佳让孩子妈妈打电话报警,同时把寻人消息转到其他网格群里,并且安排辖区的应急服务队派车沿路寻找。没过几分钟,数百人的寻人队伍就分布在大街小巷。

不久,群里传来一张照片,一个孩子躲在炸串店的角落里,趴在桌子上睡着了。妈妈确认了照片里的人就是自己的孩子,炸串店的老板赶紧叫醒孩子,又亲自把他送了过来。妈妈看到孩子,一下子冲过去,抱着比她还高的儿子一会儿流泪一会儿笑。

逯相辉和刘佳把母子俩送回家中,拖着疲惫的脚步往家走去。

刘佳说:"老逯啊,天天和他妈妈的矛盾,我和闺女也曾经有过，我寻思这样下去总归不是长久之计，咱社区能不能做点什么，帮帮这些家长和孩子？"

逯相辉挽住了刘佳的胳膊说："你咋和我想一起去了，我从网上看到专家说，这都是特定年龄出现的心理问题，等明天咱们研究研究，看看能不能找人给这些母子上上课，专业的事还得交给专业的人干……"

姐妹俩在月色中交换着想法，那部追了一半的电视剧，早就被刘佳抛在了脑后。

第二天，逯相辉就提出针对有青春期孩子的家庭，请专业老师来做心理辅导的计划。

"小贵啊，找老师这个事交给你了，记得找经验丰富，还要适合普通居民的。"

"我知道，就是找接地气的老师，太高大上的咱们普通人听不懂。"贵玉婵立即拿起手机联系起来。

经过精心筹备，典尊大厦里程心理咨询公司的老师于强如约来到响泉社区。提升心灵免疫力心理健康讲座，在稀稀拉拉的掌声中开讲了，来听课的人多多少少还带着怀疑和抵触情绪。

天天和妈妈被刘佳安排到第一排，经过同意，老师把他们家庭中"相爱相杀"的片段，作为典型案例用来分析。随着课程的进行，刘佳发现在座大人和孩子的情绪都有了变化，无形的隔阂又在无形中慢慢消失，拒人千里的态度一点点变得柔软起来。

在社区这一亩三分地，好事和坏事分分钟都能成为大家茶余饭后谈论的热点，心理健康讲座举办了三期，就帮助多个家庭缓和了矛盾。不看广告看疗效，前来参加的人开始多了起来。

不能总是马后炮，必须要下先手棋。刘佳喜欢用亡羊补牢的故事来反思社会治理中的一些问题："为什么要等到羊亡了，才会想到补牢呢？在羊未亡时就及时补牢，才更有意义。"

有一天，刘佳正忙着整理材料。"老刘，有熟人找……"一位刚来的年轻同事神秘兮兮地说完这句话，就轻快地闪出了办公室。

刘佳一看这情势，就断定来了不速之客，而且是这帮小年轻眼里的"问题人员"。她没敢耽搁，马上去了大厅，一看果然是"熟人"，这是刘佳包保的重点人员老杨。

看起来憨厚老实，但是社区的人都知道他的特殊身份，老杨曾因抢劫、盗窃罪服刑十年，刑满出狱后到社区来报到，被列为重点关注人员。重点关注并不是歧视，而是需要进行格外关照，因为他度过多年的监狱生活，重新融入社会后，谋生技能几乎归零，加之身份特殊，还会招致一些人的白眼。

今天的老杨明显拾掇了一下自己，穿上了八成新的衣服，旧皮鞋也用心擦过。见刘佳过来，老杨两只手使劲搓了搓，小声说："小刘，要不我听课吧，就是大家伙别嫌弃我就行。"刘佳露出了笑容："放心吧，我都给你安排好了，明天就能听。"

原来，在社区和心理咨询学校达成合作意向后，刘佳就惦记着自己网格里那些有潜在心理问题的居民。老师建议单独做个小专场，讲座名称就是"信心的重建"，刘佳第一个想到老杨。

从老杨到社区报到那天起，帮助他重新融入社会便成了刘佳的心事。老杨三番五次找工作都没成，便有了破罐子破摔的念头。当刘佳告诉他讲座的事，他一口回绝，说自己有过前科，听个讲座也还是找不到工作，低人一等还不如不去，省得给社区添麻烦。刘佳起初也没强求，就是正常回访时，跟他说说讲座上的有趣事。多次的"渗透疗法"，让老杨的心思活泛了。

第二天，老杨按时参加了讲座，他在最后一排的角落坐着，刘佳就在他身边陪着。负面情绪的处理方法，重拾生活信心的重要性，随着老师的讲解，老杨紧锁的眉头一点点舒展开来。

讲座结束，老杨往外走的步伐似乎有力量了，平常总缩着的脖子也好像挺直一些。刘佳说："老杨啊，这听了一会儿课咋还长个儿了呢，明天我陪你去金纺市场，有个摊位需要搬货的工人，咱们再去试试。""好，明天等你电话哈。"

老杨走后，大家都感觉有点奇怪地问刘佳："你的老熟人怎么变得腰板溜直了呢？"

市场摊主听说老杨是刑满释放人员，委婉地拒绝了。但这一次老杨仅仅消沉了一会儿，没有像以往那样缩着脖子低着头。他告诉刘佳，自己再去别的用工市场看看，总有人会给他机会，但是首先自己要先看得起自己。

为了工作，他们夙兴夜寐，使分分秒秒都成为激情燃烧的时刻；为了工作，他们披星戴月，让每一个瞬间都留下难以忘怀的精彩。将事业扛在肩上，就是将责任与使命扛在肩上；将百姓铭记在心中，就是将神圣和崇高放在心中。

这一天普天同庆，这一天万众欢腾。2019年10月1日，中华儿女共同庆祝新中国成立七十周年。

这是举世瞩目的庄严时刻，也是举国同庆的欢乐时刻，无数人选择了与家人一起，围坐在电视机前，收看盛大的国庆盛典，一起分享荣光，一起收获感动。

俪城社区的工作人员也围坐在电视机前，收看国庆晚会的盛况。回想起前段时期在化解社会矛盾方面所付出的艰辛，大家百感交集，王莹莹的眼里更是泛起了泪花，泪花中有自豪欣慰，也有五味杂陈的记忆。

深夜11点，左岸阳光小区，身单力薄的王莹莹被数百名业主围在中间。因为开发商有经济纠纷案件，法院将这个小区的部分房屋扣留抵押，导致业主一直无法办理产权证。于是，一些业主开始相互串联，准备在五一路聚众堵塞交通，从而造成影响给主管部门施加压力。

"叔叔阿姨，你们这样做是违法的。"王莹莹声音嘶哑地解释，口干舌燥地劝说。可是情绪激动的业主，不但对她的解释劝说无动于衷，还添油加醋横加指责。

几天前，为掌握业主动态，王莹莹悄悄加进业主微信群，了解到他们的计划，并在群里做着思想工作，劝导他们走依法维权的路子。后来被人发现，群主就把她从群里踢了出来，她又化名重新加入，继续有理有据地加以劝导。

在俪城社区，还有另外两个住宅小区的部分房屋同样无法及时办理产权证，有的是开发商资金链出现问题跑路的，有的是房主不讲信用一房多卖的。虽然原因各有不同，但是结局都是一样的，业主动辄要集体上访维权。

尽管不被理解，但是社区工作人员也不能站在上访群众的对立面，而是要讲究方法，拉近与他们的距离，取得他们的信任。"换位思考"是王莹莹常常挂在嘴边的口头禅。

王莹莹一边安抚业主的情绪，一边第一时间上报街道及住建部门，要求派人前来协助处理。很快，各路人马相继赶到，就近组织现场调解。在相关部门共同努力下，通过容缺办理的方式，部分住户的产权证办理问题陆续解决了。

遇到各种突发矛盾纠纷，王莹莹这样的"社区人"总是会将调解阵地搬到群众"家门口"，以物理距离的缩短，拉近调解人员与群众的心理距离。

对于社区来讲，能想到的和想不到的各种各样的矛盾纠纷往往是一波未平一波又起。

清乾隆年间创办的南金书院，既是当年金州的最高学府，也是辽南地区最早出现的书院。作为闻名遐迩的诗礼簪缨之地和文脉盛旺之乡，南金书院的作用自然功不可没，一代代金州子弟于此诵经读史，知性明理，使这座城市拥有了深厚的文化底蕴。

为了赓续悠久的教育基因，金普新区以"南金"为名，新建了一所师资力量雄厚、教学设施先进的九年制义务教育学校——大连南金实验学校，并逐渐将其打造成为一所金牌学校。新开发的楼盘以学区房为卖点，房价比周边小区要高出很多，许多购房者挤破头，也想让孩子"挤"进南金实验学校的大门。

因生源数量远远超出学校的负荷，教育部门不得不对南金实验学校的学区进行重新调整。因为划分范围和依据政策没有及时进行解释和宣传，学校附近的华邦俪城、宏城·嘉苑、陶然居等小区居民意见纷纷。

一天晚上,上千人聚集在凤翔路上,表达内心的不满,既造成交通堵塞,又极易引发过激行为。尽管周边的俪城社区、桃园社区、鸿玮社区已经有所准备,并在前期做了大量工作,但是因为诉求没有得到满足,聚集的人群不但没有散去,个别人还出现不理智的言行。

王莹莹和社区所有工作人员放弃休息,全部赶到现场,在人群中耐心劝导,同时联系教育部门派人过来,为大家答疑解惑,使事件得到妥善处置。

一位外来务工人员哭诉着说,自己借钱在附近高价买房,就是为了让孩子有机会到南金实验学校上学。这位居民家中的情况大家都了解,家里有两个生病的老人,平时生活拮据,为了让孩子能上个好学校,全家人省吃俭用,倾尽所有积蓄,又向亲友借了十几万元,买了这处房子。眼看着心中的愿望打了水漂,他又气又急,情绪也很激动,非要一个说法。

重压之下的社区工作者,不仅要面对居民的日常需求,还要承受他们情感上的宣泄,可同情归同情,政策归政策。王莹莹和社区工作人员劝他要好好配合学区调整,如果孩子学习成绩受到影响,他们可以联系老师,免费为孩子进行辅导。

当人群散去时,已经是凌晨两点。总算没有引起影响更大的群体上访事件，很辛苦，也很值得，因为这里是基层治理的最末端，也是服务群众的最前沿，这里是不会被遗忘的角落，也是不会寂寞的地方。

守护居民财产安全，他们当仁不让，防止网络电信诈骗，他们不遗余力。既要有火眼金睛的能力，更要有细致入微的关心，这才是心系百姓真情爱民的"贴心人"，维护利益真诚助民的"守护神"。

"晓春，看我今天新买的耳坠怎么样？""宏姐，你最近对自己下手挺狠呀，总是添置新东西，莫非是姐夫又给你发红包了？"

家住民馨社区的李宏神采飞扬，她把好友赵晓春拉到身边，悄悄说着自己的小秘密。

原来，李宏平日里喜欢唱歌跳舞，常把自己的视频上传到网络平台上，慢慢地她也喜欢上网刷视频。有一天，她收到了系统推送的一条好友邀请，与这位叫方小芳的人加上好友后，李宏发现对方是一位二十多岁的姑娘，自称看了李宏的视频，觉得特别精彩，还把视频推送给自己的母亲。一来二去她们就经常互相点赞，感情越来越近乎。

半个月过后，方小芳对李宏说："姐姐，你刷视频的时候可以帮我做点任务，我们公司专门有点赞的任务，动动手指就能赚钱。"李宏也没多想就同意了。之后，她被拉进了一个群，通过完成日常点赞任务，李宏前前后后得到了2000多元的佣金。这个天上掉下的"馅饼"，砸得李宏心里开了花，按捺不住喜悦的她，就把这个秘密告诉了赵晓春。

赵晓春的表姐是社区工作人员，经常组织反诈骗宣传活动，也常在家庭聚会的时候，普及网络诈骗的各种伎俩，所以赵晓春的警惕性也随之提高。她的第一反应就是告诉李宏，你可别遇上诈骗了。李宏摇着脑袋大笑说："你就百分之一百二十个放心吧，我又不是傻瓜，谁能骗得了我。"

回家后，李宏还对爱人说："晓春是不是看我赚了外快眼馋了？"没想到的是，一个陷阱正等着她。

尽管聪明反被聪明误的事情屡见不鲜，可是李宏说的这件事，赵晓春的确也没看出破绽，不过她还是不放心，毕竟谁家的钱都不是海水潮来的，她不能看着好友上当受骗。于是，赵晓春就来到社区，找到自己的表姐，又把情况向社区主任柳庆做了汇报。

过了半个月，李宏通过做任务又赚了800多元。这时方小芳联系李宏说，因为李宏业绩好，可以下载一个小程序，做完任务后直接在账户里就能收款，还有积分可以换购礼品。尝到甜头的李宏立即就下载了小程序，每天看着账户里的钱在增加，李宏觉得自己仿佛找到了一个藏满金银的宝库。

　　这天，李宏突然发现账户被冻结，她马上联系方小芳，对方称李宏最近没有使用账户里的钱，系统默认用户不存在了，只要李宏往账户里充点钱就行了，而且赶上年底，充的钱越多，积分的倍数就越多，反正都是自己的钱，她建议李宏多充值，还能提升会员等级。李宏根本没想到这是一个骗人的组合套餐，就往账户里充了8000元，看到增长三倍的积分，李宏又想占更大的便宜，因为网络账户上没有那么多钱，她就拿着现金找到赵晓春帮忙转账。

　　赵晓春听完了事情的经过，马上带着李宏去了社区。柳庆一听，赶紧翻开国家反诈中心制作的《防范电信网络诈骗宣传手册》，指着里面介绍的常见诈骗类型，对李宏说："你看看，这和你遭遇的情况是不是很相似。"

　　柳庆又找来社区民警，当民警用李宏的手机通过小程序提现的时候，显示密码错误，李宏坚持自己的密码不会错，又试了三次还是提示密码错误，这时候李宏的额头渗出汗来，她赶紧联系方小芳，对方没有回复，再拨打语音电话，发现对方将她拉进黑名单了。刚才还埋怨赵晓春多管闲事的李宏，拍着自己的脑袋，这才回过味来。

　　柳庆也立刻召集社区工作人员开会，尽管前期一直在宣传反诈防诈，但是现在看覆盖面还不够，大家要迅速行动，按照网格再进行一次拉网式宣传普及，程序上不能例行公事走过场，方式上不一定是"正襟危坐"说教式的，一定要走"新"也走"心"。

因为发现及时，李宏的钱被追了回来。她再也不沉迷于手机视频了，还报名参加了社区防范网络诈骗志愿服务队，一方面现身说法告诉大家她自己的经历，另一方面积极参加社区的宣传活动，在跳广场舞的时候，在买菜的时候，在接送孩子上学的时候，她总会带着社区印制的宣传单，给身边的居民提个醒，防止大家受骗。

近年来，网络电信诈骗案件呈高发态势，究其原因是犯罪分子抓住了一些人贪小利、想赚钱的心理。只有提升公众的反诈防诈意识，形成共同参与防范诈骗的社会氛围，才会从源头上切断网络电信诈骗"黑色产业链"。

榜样的力量是无穷的，身边人的教训也是深刻的，小区居民再遇到像李宏那样的"好事"，不但不会上当，还主动到社区进行反馈，使社区的宣传内容也越来越鲜活。

刷单返利诈骗、虚假网络贷款诈骗、冒充电商客服诈骗、冒充公检法诈骗、虚假投资理财诈骗……各种诈骗手段花样百出，没有点定力的人还真是难以招架。骗术当然逃不过社区工作人员的法眼，更主要他们还要将防骗锦囊想方设法传授给辖区居民，不怕讨人嫌，不怕招人烦，目的只有一个，就是帮助大家将钱袋捂紧。

防患于未然,捉矢于未发。以群防群治为基础,营造安全的居住环境,全力打造"平安家园"。"社区人"走街串巷,是社情民意的"信息员",也是邻里守望的"巡防员",是矛盾纠纷的"调解员",也是平安法治的"宣传员"。

家有一老如有一宝,宝贝多了也有烦恼。平日里年轻人上班,小孩子上学,许多留守的老年人,有的热衷于广场舞,有的喜欢三五成群一起打牌,还有的聚在树荫下唠嗑。看到他们捂嘴咬耳朵,就知道又有谁家的八卦上了社区版的"今日头条",看到他们成群结队往超市跑,大概率就是促销送鸡蛋了。这些"银发族"都是社区所关注的"宝"。

"最近怎么没看到你出去旅游了呢?"邻居关切地询问。在邻居眼里,李大爷老两口这几年走南闯北,俨然成了旅游达人,在小区广场上很难见到他们,偶尔见面也都是听他们在谈论旅途中的所见所闻。最近这么长时间没出门,大家还觉得不太适应,也不免有些疑惑。

为了孩子上学,李大爷儿子一家三口搬到大连市内居住,老两口留在康居小区的老房子自己生活。儿子工作经常出差,儿媳忙着接送孩子上学和参加补习班,平时很少回来看望老人。有一次,社区主任宋炎哲在广场上见到老两口,嘘寒问暖间谈起孩子,李大爷的老伴儿突然红了眼睛:"小宋啊,我都三个多月没见到大孙子了⋯⋯"然后就匆匆离开了。

看到一向乐观的老两口转身离去的落寞身影，宋炎哲的心里很不是滋味，她对身边的网格员李慧说："有空多去看看老人家，社区有活动也要想着他们。"

转眼几个月过去，有次社区搞活动，宋炎哲再次见到老两口，觉得他们的状态跟前段时间不一样了，难道是儿子一家三口回来了？"大爷，这些日子没见，你俩看起来年轻好几岁呢！""小宋，你是不知道啊，我们免费去洗了两次温泉，还摘了一次樱桃，游玩还有礼品拿，是大连的一家旅行社组织的，等我把联系人告诉你，社区活动也可以和他们联系，你也不用谢我，都是搂草打兔子捎带活。""还有这好事，不过世上可是没有免费的午餐。"

这些老人的钱，有的是攒了多年的退休金，有的是子女给他们的养老费。帮他们看住养老钱，宋炎哲比看紧自己的钱包还上心。

李大爷满不在乎："丫头，我也是一把年纪了，当年在厂子里跑过供销，大小世面还是见过一些，骗人的把戏如果一眼看不透，也别想躲过我第二眼，放心吧，你大爷肯定还是你大爷。"老伴儿也说："那个旅行社的人比我自己孩子还贴心，不可能骗我们。"宋炎哲知道李大爷是个乐天派，也比同龄人见多识广，看着他们的心情挺好，也没从兜里往外掏钱，多少也有点放心了。

重阳节前夕，社区组织老年人茶话会，以前都是活跃分子的李大爷居然没有参加，一问才知道，老爷子现在是旅行社活动的小组长，负责拉人报名了。宋炎哲有些担心，晚上带着社区准备的节日小礼物，敲开了李大爷家门。

"听说大爷现在是小组长了，靠谱不？我们社区可是一直在宣传反诈骗，您老这么精明可别被骗了……"宋炎哲话还没说完，李大爷就急了："小宋，人家旅行社就是带我们吃喝玩乐。""吃喝玩乐我不反对，但是防诈骗的弦还是得绷紧……""不会有事的，我还得在群里开线上视频会，就不送你们了。"老人下了逐客令。宋炎哲气得够呛，这些老人轴起来真是不可理喻。

"咱们走吧，说多少他们也都当了耳旁风。"刚来社区并一起走访的小曲小声嘀咕着。"从网上查了，搞活动的的确是一家正规旅行社，也许我真的想多了。"宋炎哲心想。

第二天上班，她与社区民警联系，想多开展几场反诈宣传，还让网格员及时了解辖区老人们的动态。

……

近期为何没有外出旅游？对于邻居的疑问，尽管李大爷支支吾吾，但很快大家就从媒体知晓了答案，那是一份警情通报。原来，组织活动的旅行社涉嫌以免费、低价旅游等方式利诱，变相非法吸收公众存款，已被立案。

为了尽可能帮助被骗的老人减少损失，社区接到通知，需要立即摸排受害人信息。宋炎哲一个激灵站了起来，她让同事按照要求进行摸排，又赶紧给李大爷打了电话。李大爷遮遮掩掩小声说："我孙子回来了，有事以后说。"然后就匆匆挂了电话。

宋炎哲一下子明白了，老人这是背着家里人在旅行社存钱了，还不相信自己被骗。晚上入户时，宋炎哲去了李大爷家，李大爷一下子又恼了："我们是在旅行社存了点钱，但是人家能高息返还，还可以免费旅游，这怎么能是骗子呢？""就是你们多事，害得我们不能出去玩。"老伴儿也附和着说，说完就把宋炎哲推出门外。

不行，李大爷这道关必须突破，除了自己上当，他还掌握着很多受害人的信息。宋炎哲和社区民警又连续来了五次，从一开始的闭门羹，到门里门外半信半疑，再到态度逐步转变，李大爷逐渐认识到自己的确被骗了，他不但承认自己在旅行社存了两万元钱，还答应帮助做其他人的工作，使他们尽可能挽回损失。

"小宋啊，儿子最近要休年假，会回来陪我们，要是做笔录啥的你给我发微信，别打电话，这也不是光彩事，别让儿子知道了。"宋炎哲听后，既生气也理解，问题还没解决，暂时还不能挑起新的家庭矛盾。她也对反诈活动的复杂性有了更深的认识。

提供"养老服务"，投资"养老项目"，销售"养老产品"，诈骗分子的黑手一直在伸向老年人群体，为他们量身打造诈骗"剧本",让不少老年人防不胜防。在警方指导下,社区通过各种方式提醒老年人,切勿轻信所谓"稳赚不赔""无风险、高收益"的宣传。

关爱,是最好的防护栏。有的老人被骗期间,社区也曾预警劝阻,但是他们已被骗子"洗脑",或者沉浸于骗子的"嘘寒问暖"中。宋炎哲尝试着发动受骗老人,向周围居民讲述被诈骗的经历,同时倡导年轻人多关心关爱独居老人。

在广场开展的反诈宣传活动中,社区的小志愿者杨艺馨,现场给爷爷奶奶表演了一段快板书:"孝敬老人有心意,家庭关爱更心细。参加活动要登记,核实清楚别着急。免费午餐须警惕,后悔只怕来不及……"

沁润

从来治国者，宁不忘渔樵。一座有温度的城市，有对弱势群体的真切共情，有对市民生活的具体关照。同住一个家园，一张又一张笑脸，洋溢着安居乐业的欣喜；共爱一方热土，一份又一份感动，传诵着以人为本的理念。

要想做到知民情、解民忧、纾民怨、暖民心，就要用看得见的行动，回应居民的关切和期盼。但是有些时候，付出未必有回报，甚至得到的是责骂。每个"社区人"都记不住，也不可能记住，自己曾经遭遇过多少次这样的事情。

国家实施新的低保政策，就是为了兜住底，确保生活贫困者能在无助时及时得到救助。近几年，进入低保人员的条件越来越严格，目的是做到应保尽保，不符合条件的必须排除在外。一部分之前享受低保待遇的居民，因为没通过审核，就来到社区闹腾，平日里秩序井然的大厅，不可避免出现了鸡飞狗跳的"热闹"景象。

年过五十的邹常义家住渤海社区，他得过肺结核，常年酗酒，一喝多就到处滋事。人的生命或在于运动，或在于静止，像邹常义这样的就在于到处溜达。以往，他就对社区"情有独钟"，有事过来，没有事找点事也要过来。社区民政专干王鑫有时看不惯他酒后失态的样子，可每次还是会主动迎上，冬天递一杯热水，夏天递一个桃子，还叮嘱他到公共场合要戴好口罩。在工作不忙的时候，王鑫也不厌其烦，听他絮叨自己并不算光荣的历史。王鑫觉得自己的好脾气大多半都用在他身上了。

这次，邹常义因不符合条件，不再享受低保待遇，王鑫知道他就是政策调整后的一颗"定时炸弹"，也做好了"排弹"的准备。还真不出所料，邹常义得知情况后，第一个冲到社区大厅，把买菜的袋子狠狠地摔在王鑫的窗口，大声质问着。王鑫把熟记在心的政策细心讲给他听，告诉他谁也不能突破红线："我们会帮你介绍工作，有免费的就业培训也会通知你，社区是不会丢下任何一个困难居民的。"

第一次，邹常义怒气冲冲摔门而去；第二次，他又来胡搅蛮缠，王鑫依然耐心解释；第三次，第四次，第五次……邹常义三番五次前来"搞事情"，就是断定"社区人"不会跟他一般见识，还有可能"顺走"点小礼物。在王鑫看来，邹常义既心有不甘，又揣着明白装糊涂，这些所作所为，完全符合他的性格，如果不来发泄一通，反而不正常。她预判了他的预判，也理解了他的不理解。

有段时间，邹常义没来，社区有了难得的安静。可如果认为世界从此就充满了爱，那未免太过于乐观了。

秋天里的一个下午，社区的大门"砰"的一声被踹开，一身酒气的邹常义摇摇晃晃，直冲主任办公室，当他发现屋里没人，又立马折返大厅，一屁股坐在王鑫面前的椅子上，开始声嘶力竭地破口大骂："就是你，故意把我的低保政策取消，我要投诉你！"骂完还觉不过瘾，又把自己脏兮兮的手套摔在王鑫身上。

怎么喝成这样啊？尽管邹常义是故技重演，可年纪轻轻的王鑫遭受如此侮辱，实在难以接受，她一度也想回骂过去，但最终还是强忍了下来。

在大厅，微笑服务、一次性告知制度、首问负责制……她都做到了，从小到大也一直被家人宠爱，此刻竟然被居民蛮不讲理地羞辱，王鑫委屈地掉下了眼泪。

又过了几天，社区开展重阳节活动，给老龄居民准备了寿桃馒头。主任张团一问王鑫："一共28个老龄居民，怎么报了29人？""给邹常义带一份吧，虽然他很多时候不讲究，但是生活确实也有困难。"张团一拍拍她的肩膀，挑个大拇指。

发完寿桃第二天,邹常义被取消低保后第七次来到社区,他把手里提着的一袋苹果放在王鑫的窗口。"我在早市买的,吃着挺甜,就想着给大家买几个尝尝。"上来就是一顿套近乎,弄得大家一头雾水,这是什么操作呢,谁都没有想到的一幕竟然发生了,这世界虽然不能时刻充满爱,偶尔也会有些惊喜和意外。其实回头想想,也并非意料之外,邹常义态度的转变,完全应该归功于王鑫一言一行的感化。

也许是感觉到了大家的疑问,邹常义不好意思挠了挠头。他对王鑫说:"你也知道我这个臭脾气,以为来闹一闹,保不准就能给我个特殊待遇,结果错怪你了。你心眼儿好,帮我再看看有没有就业岗位,我把酒也戒了,准备找点活儿干。"

看到邹常义不再故意胡搅蛮缠,王鑫也不再纠结前几天的委屈,甚至还有些激动和欣喜地告诉邹常义:"今天你还真来对了,正好前天我们组织了一场招聘活动,不少企业提供了就业岗位,我觉得有几个挺适合你。"然后,就帮助他一个个合计选择着。

"你先回家,等我联系一下企业,再通知你去面试。"邹常义高兴地离开了社区,大厅里响起了同事们的一片喝彩声。

马红对王鑫说:"不服不行,这个'顽固分子'都被你摆平了。""对这样说不听道不理,还无来由就一通骂的人,我怕是忍不住,你还笑脸相迎,你这个女人不寻常。"坐在王鑫对桌的小徐说着说着,还声情并茂唱了起来。

"每一天都会充电到满格,可遇上耗电大户,也有亮红灯的时候。我们要有随时被人骂的心理准备,毕竟挨次骂,就可能消除一个社会矛盾,也会通过自己的努力,让居民感受到办实事、办好事的力量。"王鑫在当天的民生日记里,记下这样的感悟。

把抱怨的时间用来解决问题,问题自然会越来越少;把攀比的精力用来提升能力,人生的路自然是越走越宽。格局小了,就会心存愤懑;格局大了,才会海阔天空。很多人都认为,面对居民的时候,"社区人"的地位看起来卑微而弱小,但这恰恰能展现出他们的高远格局和境界。

"社区人",既是一个称呼,更是一份责任,既是一个职业,更是一种荣光。在建设美丽新区的现场,凝聚了他们的心血和汗水;在提升民生福祉的一线,叠印着他们的风采与形象。

民生就是一段路,一盏路灯;民生就是一袋米,一杯热茶。民生也是一个课题,一张答卷,基层组织用履职尽责的永恒追求,充盈着这个课题的丰富内涵,"社区人"用以人为本的真诚奉献,书写着不忘初心的优秀答卷。

"都说农村是富人眼里的天堂,穷人眼里的荒凉,诗人笔下的远方,游子心中的故乡,你们都来说说,我们的社区该怎么比喻才贴切呢?"周一早晨,从农村老家回来的李成功,一边给大家分着刚刚掰下来的新鲜玉米棒子,一边发出充满诗意的感慨。拿人手短的同事,有发表高见的,有故作思考的,有附和起哄的,俪城社区的一天就在这样嘈杂而温馨的气氛中开始了。

下午,社区的大门被轻轻推开,一位阿姨走了进来,小声问了句:"我是来办理退休生存认证的,在哪个窗口能办理啊?"

"阿姨到这边来。"王艳莉立即站了起来,朝她挥了挥手,说完又从便民服务架上拿出纸杯,倒了一杯热水,递到阿姨手里,"别着急,慢慢说。"

阿姨稍显紧张的情绪慢慢舒缓,她把自己的身份证和一个小册子递给王艳莉,说:"闺女啊,我是在铁岭退休的,搬到这儿很长时间了,昨天铁岭那边的人社部门联系我,让我赶紧做个生存认证,要不然就要停了我的退休金。"

王艳莉对各类政策了然于胸,她仔细看过小册子,就知道该如何处理这项业务了。她告诉这位姓刘的阿姨,退休关系在外地的居民,本地社区无法办理生存认证,但是根据铁岭方面的通知,可以通过下载小程序在网上进行认证。"

听闻此言,刘阿姨语气再次紧张起来,还直拍脑门:"现在就我自己在这儿单住,家人都没在身边,除了打电话,这手机从来都摆弄不明白,可咋办?"

此刻王艳莉的思绪,回到了两年前。

一位老大爷来社区办理城乡居民养老保险,因为银行代扣业务失败,需要在手机小程序上缴费。本来社区工作人员是没有代缴义务的,但是看着老大爷焦急的样子,王艳莉就用自己的手机帮助他注册了账号,并缴费成功。这位老大爷办完业务说忘记带钱了,并表示明天一定来还钱。第二天,他并没有来。一个月后,经过多次催促,他才不耐烦地把钱送还社区。第二年缴费时,这位老大爷又来了,又让王艳莉帮着缴费,王艳莉把手机操作流程手册发给他,因为要赶着开会,没时间帮他操作,建议老大爷回家让孩子按照手册帮着操作。结果老大爷转身就把王艳莉投诉了,这件事闹得沸沸扬扬,让王艳莉上了很长时间的火,嘴角都起了泡。

俗话说"吃一堑,长一智",今天的事王艳莉原本想拒绝,别再给自己惹麻烦,省得别人说自己吃一百个豆还不知豆腥味。可是看到这位阿姨万分焦急的神态,王艳莉还是心软了。"阿姨,你先别着急,我来帮你吧。"她接过刘阿姨递来的手机,才发现这是一个老年机,根本无法下载小程序。"我还是试着用我的手机,帮你操作一下,看能不能成功。"

可能是登录系统的人太多了,等了半天总也认证不成功。时间一点点过去,快到下班了,王艳莉怕刘阿姨过意不去,悄悄地给家人发了消息,说自己会晚点回去。

直到下午5点30分,总算登录并认证成功,王艳莉和刘阿姨才长长地出了一口气。王艳莉帮她戴好帽子,送她出门,刘阿姨紧紧握住王艳莉的手说:"以前我特别害怕进政府大门办事,孩子们都在外地,我怕自己说不明白,遭人白眼,但是今天在你们这里,却真的感受到了温暖。"

这时候,一直默默陪着两人的社区副主任何玉婷走过来:"阿姨,这都是我们应该做的,送你一张我们新出的社区便民服务卡,上面有办理业务人员的联系方式,有啥事就打电话,要是在家待着无聊,也可以来社区走走,这里就是你的家,我们都是你的孩子。"

送走了刘阿姨,何玉婷笑着打趣道:"如果没猜错的话,这个阿姨还会来找你,你不嫌麻烦?"王艳莉说:"领导这是考验我吧,咱们开会不是总强调,要'以为民谋利、为民尽责的实际成效取信于民'吗?"

王艳莉还想起社区主任单连富说过的话,"为居民服务要具备'三心二意'"。当时大家都不解其中之意,不是应当"全心全意"吗,怎么还整个"三心二意"呢,如果让居民知道了，还不得挑上理？"我讲的'三心二意'，指的是耐心、细心、热心和诚意、厚意。"

王艳莉的闺蜜更直接："要我看，你们这叫一颗红亮的心，操了个稀碎。""你说的没毛病，我们就是把心掰开揉碎，也要确保服务态度热情到位。"

"社区，是辖区居民朝夕相处的港湾，是每个工作人员相濡以沫的家园。"王艳莉想起早上的话题，一下来了灵感，赶快在手机里记下来，准备明天发给李成功，也告诉身边的所有同事。

一颗炽热的爱心，会使孤独的空巢变得暖意融融；一个真诚的微笑，能让陌生的屋宇充满明媚的阳光。无数人用最朴素的信念与感动，传递着人间真情的温暖。

又是一个月光皎洁的夜晚，又到了约定的时间，宫冬冬再一次站到楼前的空地上，将目光投向楼上那扇熟悉的窗户。窗帘后面透出柔和的灯光，灯光里有一位老人，那就是与宫冬冬没有任何血缘关系，却让她时刻牵挂的于奶奶。

有的老人长期独居，即使身体突发状况，孩子也是远水解不了近渴，这样的老人只能蜷缩在黑暗的角落，感受着生命的流失。这些老人一年四季守着空旷的家，天天数着离家在外的孩子回来的日子，心力交瘁地煎熬等待。"父母躺在地上，而你却在通讯录里"，说尽了这些老人的寂寞和悲凉。

随着社会老龄化程度的加深，空巢老人越来越多，心情郁闷，沮丧孤寂，食欲减退，睡眠失调……没有子女的陪伴，他们的日常安全和心理健康都需要得到关心。

家住万城社区的于奶奶，已是八十一岁高龄，子女在外地生活，不能经常回家，一向要强的于奶奶总是独来独往，不愿意麻烦别人。有一次，正在清扫花坛的社区志愿者宫冬冬见到于奶奶提着一袋新买的大米，吃力地往楼门口的台阶上走。宫冬冬毫不犹豫地扛起大米，帮助她送到家，才知道于奶奶原来是一位空巢老人。

宫冬冬来到社区："我才知道于奶奶长期一个人住，我和她家离得近，听说社区有结对子活动，把于奶奶安排给我成不成？"与空巢老人结对子，是万城社区倡议发起的一项民生帮扶公益行动。听说宫冬冬想与于奶奶结对子，李一民当场拍板："宫姐，那于奶奶就麻烦你费心了，有啥困难及时和社区说，我们就是你坚强有力的大后方。"

结成对子，再出手相助就更名正言顺了。打那时起，宫冬冬一有空就会和爱人一起到于奶奶家探望，陪老人聊天，送去暖心的礼品。除夕夜的饺子、元宵节的汤圆、端午节的粽子、中秋节的月饼，宫冬冬总会第一时间就细致入微地送到于奶奶面前，给自家老人准备的节日礼品，于奶奶一样都不会落下。其实，她送去的哪是热腾腾的汤圆，哪是香喷喷的月饼，分明就是一片炽热的情、一颗滚烫的心。

宫冬冬还陪于奶奶刷视频，搞笑的、逗乐的，还有老人最爱看的京剧。她原本对戏曲不感兴趣，陪老人时间久了，自己也能清唱几句《四郎探母》。

"冬冬啊，你就像我的亲闺女一样，真没想到，这辈子老了老了，我还能这么享福。"从开始的"小宫"，到"冬冬"，再到"闺女"，越来越亲昵的称呼，代表了于奶奶对宫冬冬的接纳、认可和感激。

有一次，宫冬冬发现于奶奶家里连续两天都没开灯。最近也没听说老人要出远门，难道被孩子接走了？她有些放心不下，急忙敲开了门，才知道原来于奶奶的脚崴了，一走路就疼痛难忍，她给自己倒了一杯水，又找出一袋饼干，放在床头柜上，除了一瘸一拐去卫生间之外，两天没下床活动。

宫冬冬去药房买来膏药给老人敷上，又买肉买菜，做了一顿热乎的饭菜，清蒸鱼、香菇油菜、西红柿炒蛋，都是老人爱吃的。

看到老人要强的"毛病"又犯了，宫冬冬又心疼又歉疚地"责怪"于奶奶："有事怎么能瞒着我呢，还天天闺女闺女叫着。""你们天天辛苦上班，下班后还要照顾孩子忙家务，我寻思能不麻烦就不麻烦，我这么大年纪，磕磕碰碰不算啥。""那不行，既然结成了对子，我就得想方设法照顾好您，在志愿者队伍里，我也是一个要强的人，您也不能拖了我的后腿。"

怎样才能在不打扰老人正常生活的前提下，还能及时掌握老人的动态和需求。一天晚上，在广场散步的宫冬冬看到家家户户亮起的灯光，一下子受了启发：对，就以开灯点亮窗户作为暗号。每天夜幕降临后，于奶奶只要亮灯，就表明自己一切正常，如果在楼下看到灯没亮，宫冬冬就去家里查看，防止意外发生。于奶奶很高兴，这样一来就不必随时随地麻烦宫冬冬了。

宫冬冬和于奶奶的亮灯约定传到了社区，大家都发现，这真是个温暖守候的好主意。万城社区很快在结对帮扶人群中推广了"心系空巢老人，关爱等您亮窗"活动。

活动受到欢迎，社区工作人员考虑到志愿者有时会加班或者到外地出差，不能及时关注到关爱对象家中是否"亮灯"，于是分组参与其中，形成一个个志愿服务团队，在完成网格任务的同时，他们还要作为替补队员待命上岗，确保做到与社区志愿者相互补位。

亮灯约定不仅是一盏具象的灯，更是送给老人一份稳稳的幸福感和安全感。"灯一开一关，对大多数人来说平平常常，但对独居老人来讲，往往能够反映他们的身体和生活是否平安,透过窗内的点点灯光,可以及时观察独居老人的情况。"逯相辉说。

中国空巢老人的数量非常庞大,有预测认为,随着第一代独生子女的父母陆续进入老年,2030年,空巢老人数量将达到2亿多人。社区里,空巢老人的比例也越来越高,亮灯约定,就是用温暖的光束,把孤独和爱联结起来。

一个社区的核心感召力是什么?很多人会回答说,是"人情味"。是的,一个有温度的社区,一定会有浓郁的烟火气和人情味扑面而来。如果说民生是城市的项链,一件件小事就是珍珠,而穿起这条珍珠项链的,就是社区工作人员和志愿者所付出的柔长的"感情线"。

星星点灯,照亮每一个空巢老人的家门。"亮灯",点亮的是基层治理的"照明灯"、服务群众的"满意灯"。这样一项独具特色的活动,因有宫冬冬的发起和社区的号召,便由一个人的热情倡议,变成一个群体的共同行为。

华灯初上,瑞安祥和,一盏灯火,融入万家。那个晚上夜色温柔,有晚风轻轻拂过宫冬冬的脸庞。

沐浴在无微不至的暖流中,人人都被温柔以待,这座城市最为真挚的诚意近在咫尺。急人难,不遗余力,每一个关爱的眼神,都像甘霖一样滋润居民的心田;管闲事,不厌其烦，每一句体贴的话语，都像春风一样抚慰居民的心房。

　　头发清爽地梳在耳后，眼中总是流露着温柔的笑意，社区主任阎莉莉纤瘦的身影和清脆的嗓音在人群中格外引人注意。正是这双表面看来略显柔弱的肩膀，担起了为民解忧的重任，冲在了社区治理的最前沿。

　　手机铃声响了一声，就迅速接通了。"是小阎吗？"顾阿姨的声音传了过来。"对啊，顾阿姨，明天是你和张叔去社区卫生服务中心开药的日子，还是老规矩，早上9点我在楼下等你俩。""好的好的，我担心你工作忙，把我们两个老家伙忘了，那就明早见。"放下电话，阎莉莉把日记本上记录两位老人的那一条做了标注，然后把闹钟调到第二天早上8点30分，社区事多，她真怕给忙活忘了，让老两口失望。

　　年过古稀的张清双老人听力残疾二级，老伴儿顾阿姨患有高血压三期和糖尿病，因为子女不在身边，加上两位老人行动不便，办证、缴费、看病、买药等事情就成了他们的"心头病"。阎莉莉的日记本上专门有记录两位老人情况的一页，并且标记了他们的办事日期。随着接触时间的增多，她也越来越了解两位老人的状况，还专门贴了一张便笺，注明老人的健康情况，这样一来，当她抽不出空的时候，可以委托别的同事帮她一把，确保民生服务无缝衔接。

阎莉莉的这个民情日记，如今已记满了厚厚十余本。刚来社区的年轻人，对这些古董本子充满了好奇，在这个网络发达的时代，为啥要在纸质本子上记录呢？面对年轻人的疑问，阎莉莉又想起了她刚任社区负责人的那段日子。

　　初来乍到，熟悉辖区情况是首先要做到的。于是，阎莉莉以网格为单位，身体力行带着社区工作人员走街串巷。居民家、广场上的舞蹈队、树荫下的扑克桌，每到一个地方她就先亮明身份，说明来意，然后就掏出日记本，将了解到的情况一一记录，晚上回家再重新复盘，加深印象。一个月下来，她就记满了一个本子。"有了这个民情日记的'加持'，我现在心里就有底了。"她心里暗自欢喜。

　　聚鑫小区是一个老旧小区，基础设施薄弱，老年居民人数众多，阎莉莉在民情日记的第一页重重地写上了"民生"两个字。在她的时间表上，没有丝毫的轻松悠闲，她像上足了发条的时钟，分秒不停地运行着。

　　"近日寒潮来袭，气温骤降，要时刻关注86号楼的供热情况。""居民多次反映，小区的公共停车位应重新规划，须协调物业尽早完成。""小广场有几块地砖破损，联系志愿者维修。"每天上班，她都要先翻开民情日记，条分缕析那些密密麻麻的工作事项。

　　高奶奶是一位普通的退休工人，儿子在外地打工时，腿部受伤留下残疾，家中还有个上中学的孙女，所有支出都来自高奶奶微薄的退休金。阎莉莉把高奶奶列为重点对象，入户走访都是"满载而来"，她还"承包"了高奶奶孙女上学的费用。阎莉莉与老人之间的交往超越了简单的问候与关怀，更像是亲人间的相互陪伴。

高奶奶也把阎莉莉当成了亲人，遇到犯难的事总是先想到她。"莉莉啊，这两天下雪，路上有点滑，我家的燃气费没了，你能不能帮我交上，回头我把钱给你。""没问题，不过我这两天参加培训有点忙，我让社区的高云秀帮你交，回头让她给你打电话，你把账户信息告诉她就行。"电话刚挂断，就又有人喊："阎姐，小广场那有摆摊卖苹果的，怎么也撵不走，你去看看啊？"阎莉莉着急忙慌地往外走，就把高奶奶交燃气费的事给忘了。

等到培训完事，已经是两天后了。"云秀，我告诉你去帮高奶奶交燃气费没？""没有啊，咋了？""怪我，高奶奶让我帮着交燃气费，这一忙给忘得一干二净，我得过去一趟。""我和你一起去。"她俩敲开高奶奶家的门，阎莉莉急忙说："我把你交燃气费的事给忘了，实在对不住啊！""没事，没有人给我打电话，就知道你肯定是忙，后来我给咱八嫂服务队的小薛打电话，她帮我交上了。"

回社区的路上，阎莉莉对高云秀说："这次是我的疏忽，也是个教训，啥时候都不能辜负居民对我们的信任。""你也别往心里去，我和高奶奶是本家，以后也在工作日志上给她单独记上一页，经常去看看她。再说了，社区工作繁杂，事情一多难免出现疏忽遗漏，好记性不如烂笔头，还得依靠咱的法宝啊。"

在阎莉莉的带动下，聚鑫社区的工作人员每人都有了自己专属的"民情日记"。

老李患肺癌要做手术，周日在广场组织居民为他捐款；周三，为危房家庭申请救助；吴小敏行动不便，要联系社区卫生服务中心安排上门体检……谁家有下岗失业人员需要帮扶，谁家孩子读书有困难，谁家有独居老人需要照料，这些居民日常可能遇到的情况，都是民情日记里必须记载的内容。

解百姓难，帮千家事，纾万人困。这份为民办实事的账目和需求清单，记在纸上，更记在大家的心上。在阎莉莉和"社区人"的努力下，近几年聚鑫社区变得焕然一新，环境越来越美，居民相处越来越和谐。

忙，是现代人的普遍状态，为了养家糊口，为了集聚财富，为了出人头地……有的没有理想，没有信仰；有的庸庸碌碌，耗费时光。再看阎莉莉，也忙，甚至比许多人更忙，但是她忙出的是一种境界，用自己的"辛苦指数"，换来居民美好生活的"幸福指数"。

一支笔，一本民情日记，随身携带，随时记录，记录的是民情，串联起来的是"社区人"与居民的心。一个简单的问候,一次暖心的陪伴,一席家常的闲谈,阎莉莉总是在家长里短中穿梭,在柴米油盐里牵挂。那些看似微不足道的小事、深藏心底的心愿,以及居民提出的每一条建议,她都铭记在心,并努力将其转化为实实在在的"惠民"行动。

这些深蕴实践厚度和民生温度的民情日记,就放在案头,一个个真实质朴的文字,没有任何文学修饰的成分,却是阎莉莉饱蘸心血,书写下来最情真意切的好作品。

利民之事,丝发必兴。民生从来不是抽象的概念,也不是宏大的定义,它就存在于房前屋后、柴米油盐之中。只有落到生活的细微处,才能触摸幸福感的真实纹理。

"陈阿姨,你今天情绪不高啊,这扑克都连开四个王了,还愁眉苦脸?"桃园社区的姜齐彦正好到活动室取东西,看到了愁眉不展的陈阿姨。"小姜,你不知道,老陈这是想孙女了,孩子本来假期想回来和她住几天,因为要去南方参加什么夏令营,就不回来了,这不就把老太太闪着了。""怪不得打扑克都不香了,不过陈阿姨你可以和孙女手机视频,跟见面是一样的。""我就会打个电话,也不会视频啊。""没事,等忙完了我教你怎么用,今天保准让你见到大孙女。""真是太好了,我一会儿就去找你,再来一锅扑克,谁也别走啊……"老人的脸色一下子就雨过天晴了。

不到一个钟头，陈阿姨就迫不及待找过来："小姜，我儿子说孩子只有中午能视频，这可咋整，你们社区是不是中午要午休啊？"看着陈阿姨小心翼翼的样子，姜齐彦笑着说："这才多大个事，我今天就为你们祖孙俩奉献一次午休。""太好了，你等我哈，我回家烙一锅馅饼带过来，中午一边吃馅饼一边视频，我孙女最喜欢吃我做的馅饼了。"

中午11点30分，陈阿姨拎着保温饭盒来到社区，姜齐彦帮她下载了微信，在约定时间拨通了微信视频。看到孙女的那一刻，陈阿姨连忙拿出馅饼："妞妞，看奶奶亲手做的，你小姜阿姨也说好吃，等你回来奶奶做给你吃。"看着祖孙俩在手机两端有说不完的话，姜齐彦觉得今天的午休，奉献得真有价值。

陈阿姨用手机与孙女见面的事，很快在老年人中传开了，于是，今天李大爷，明天杨奶奶，这个要看儿子女儿，那个要看孙子孙女，还有要看孩子家里养的宠物，老人来求助还不能拒绝，但是也确实影响了社区正常的工作节奏。

老年人退休后，空闲时间多，儿女又不能随时陪伴，不免会感到寂寞。社区主任陈锡泊就和姜齐彦商量，开展一个"小屏幕大精彩"智能手机知识普及讲座，专门讲解智能手机的使用方法。至于老师，就让社区几位"90后"的工作人员来当，省得他们一有空闲就上网刷视频玩游戏。

说干就干，反正也不用怎么筹备，一个会议室、一台智能手机就能启动。讲座根据老年人日常生活需求,以传授手机拍照、微信使用、手机生活缴费、预约挂号、看新闻听音乐等为主,每一讲时间不长,但内容很实用。大家听得仔细,"小老师"备课也认真,还手绘了漫画版的操作流程,教学手段直观清晰。

一天下课前,刘倩郑重其事地说:"叔叔阿姨们,今天课后作业是录个关于夏天的视频,然后用手机发给家人,下次上课咱们可要现场考核的。"讲座一共开了六场,随叫随到的课后辅导,一本正经的课上小考,"学员"的通过率达到了百分之百。

老人学会了智能手机的使用,就很少来社区请教了,时不时还在亲友面前显摆一番,有的还给社区的"小老师"发来作品,委婉地求点赞。年近八十的于大爷一直对新鲜事物感兴趣,爱学习钻研的他,通过手机课程掌握了网购技能。什么东西物美价廉,什么东西打折抄底,于大爷总能慧眼识珠,还经常帮助老伙伴们淘到心仪的商品。张奶奶虽已高龄,每天最喜欢干的事是看唱歌跳舞的视频,经常乐得合不拢嘴。

然而,任何事情都是双刃剑,紧接着新的问题又来了,有的老人早起一睁眼就刷朋友圈,短视频一看就是几个小时,熬到半夜两三点只为追剧,还有的轻信网络谣言、被诱导打赏、盲目购物……

"听说过'网瘾少年',没想到还有'网瘾老年',而且劝不动骂不得。"85号楼的王先生是社区的志愿者,对母亲染上"网瘾"这事难以置信,直到问题变得严重起来。有段时间,母亲机不离手,眼不离屏,让他哭笑不得的是,前两天母亲做饭时刷短视频,把锅里的水烧干了,走进厨房的母亲想到的不是先去关火,而是把黑漆漆的锅底拍下来上传到朋友圈。

还有在桃园市场卖日用品的宋女士,不久前收到快递送来的一款按摩椅,品牌山寨,做工粗糙,原来是父亲从一个直播间买的。"这不是父亲第一次被诱导消费了,储物间里还堆着一大摞网购来的保健品呢,有的一盒都上千元。"

因为生活较为单调,网络又是一种很好的消遣方式,能从中找到精神寄托,才导致"网瘾老人"越来越多。

"对呀,我妈就说看看视频网文,一天很快就过去,她每天雷打不动能捧着手机看上七八个小时。""网络直播平台眼花缭乱,老年人都爱占小便宜,很容易上当,我妈又花了三块钱买了一大包调料,还用来给我们炒菜……"社区里你一言我一语,既在吐槽身边的各种奇葩事件,也在研究如何让这些"银发宝宝"使用手机时,要"拿得起",能"放得下"。

"还是我们平时没有走进老人心里,这也倒逼社区要多开展一些他们喜闻乐见的活动,吸引他们从网络回到现实,找到属于自己的快乐。"陈锡泊说。

陈锡泊最喜欢读的书是《平凡的世界》，平凡的世界，平凡的人生，平凡的道路，这是她的现实工作和生活状态，但是她却以不平凡的努力，践行着自己的承诺。

唱歌跳舞、下象棋打扑克、练健身操、学书法绘画……总有一款适合，老人感兴趣的活动一项项开展起来。"小老师"又有了新的辅导任务，而且备课的任务相当繁重，这些"学员"不好带，但是还要带好。

群众的"表情包"，就是工作的"风向标"。安危冷暖感同身受，急难愁盼从不怠慢，只要是居民的"点餐"，是一定要安排上的，把群众的"脸色"看在眼里，把群众的"吐槽"记在心上，就会在解决一件件小事中赢得百姓点赞。

如果说一座城市是一片浩瀚的海洋，那么每个社区就像一滴水，但就从这一滴水，也可以看到太阳折射的光芒。

"今年'六一'之前又有微心愿活动了，但愿我能抢上一个名额。"鸿玮社区妇联专干史金明一边排查困难儿童名单，一边自己嘀咕着。"这个可有点难，比张信哲演唱会门票还难抢，去年妇联领取微心愿的链接一发布，我就点开了，结果秒没。"社区主任王菲也满是遗憾地说。

"今年能不能走个后门，问问妇联什么时候上链接，我们定个闹钟,拼手速看谁能抢上。""你要是真有这个心意,啥时候都能把微心愿送出。""这你就不懂了,现代人做事需要满满的仪式感,这样可以扩大活动的影响力,而且我真的想帮孩子们实现微心愿,尽管我挣得也不多。"史金明说出了自己的心声。

每年儿童节来临之际,妇联都会组织一次微心愿活动,先了解家庭生活困难孩子的信息,再由社区征集孩子们的小心愿,将这些心愿汇总后,隐匿孩子身份信息,在媒体上发布。社会各界爱心人士就会认领,通过社区将礼物送到孩子们手上。

每个微心愿都是几百块钱以内就能解决的事情,这个工作不算烦琐,也不算复杂,但是社区每年都认真且谨慎地对待,因为孩子年龄小,在帮扶时就要考虑到保护他们的隐私和自尊心。

今年,金润社区共征集了三个孩子的微心愿,其中一个是四年级的小学生,她的父母都是盲人,她的愿望是能有一个电话手表,这样平常出门的时候,就能随时随地与父母联系,父母就不会为她担心。金州特殊教育学校的文老师认领了孩子的微心愿,在征求家长同意的情况下,社区工作人员陪着他,将礼物亲手送到孩子手中。

"叔叔谢谢你,我的同学都有手表,这回我也有了,我再出去玩,爸爸妈妈就能很容易找到我,这个儿童节真开心。""以后有困难，可以随时给我打电话。"文老师热情地拉着孩子的手。

王菁年轻的时候失去了丈夫，中年的时候儿子患了肠癌，她和儿媳妇到社区申请低保，因不符合条件没有通过，王菁每次见到社区工作人员于秋风都骂得很难听。听说她的孙女想要一辆自行车作为六一礼物，于秋风不计前嫌，给她的儿媳妇转了四百元钱。王菁儿子去世后，凡是在救助范围之内的，于秋风都想着王菁，还在自家卖樱桃的收入里，专门给她留了一份失独家庭的爱心捐款。

一个小书包、一双鞋、一盏小台灯……来自困难家庭的一个个小呼唤，这些对大多数人来说微不足道的东西，却是他们平常难以实现的心愿。一次陪伴看望、一次政策解读、一场法律援助……这些项目看似微小，却是困难群体最贴心而又最迫切的需求。

除了家庭困难儿童的微心愿，各个社区结合新时代文明实践活动，还广泛开展"双微"行动，即民生微心愿项目和群众微心愿项目，主要包括物资帮扶、便民服务、公益发展三大类。

"携起手来参与'双微'行动，奉献一个爱心，实现一个心愿，用力所能及的善举，为困难群体排忧解难。"社区发出行动倡议书，用一份份沉甸甸的承诺，回应着一个个迫切的心愿，将光和热传递到更多需要帮助的人群中。

各个社区将征集的学习用品、生活用品等实物,以及陪护就医、义务理发、卫生环保、健康义诊、心理咨询等服务类需求,梳理形成"微心愿"清单,由辖区志愿者、爱心企业、公益人士自愿认领。

"晓黎啊,今天的插花活动我不能参加了。""蒋阿姨,昨天不还说得好好的吗,今天我们准备的花材可新鲜了呢。""别提了,我父亲年纪大了下不了楼,这天气热,想找人上门给他理发,哪家理发店都不乐意,人家都嫌耽误时间,好不容易约上一个老师傅,时间正好和插花活动冲突了。""蒋阿姨,我们社区有民生微心愿项目,我看看能不能给你安排上。""安排啥,上门理发,我没听错吧?""没听错,你们岁数大了,找不到合适的资源,其实社区很多爱心人士都愿意献爱心呢,都在我们这儿报名登记了。""这也太周到了吧,要是能给理发这个事安排上,我可得给你们送个锦旗。"

社区想把给居民理发的钱送到店里,店主却坚持不收,说这次上门也是义务为老人做奉献了。最后没办法,社区就用这笔钱买来文具,奖励给了参加清理野广告活动的孩子们。"这二十块钱,可是微心愿薪火相传的证明啊!"听到史金明这么说,同事们都笑了起来,调侃她:"这成语用得那是相当贴切。"

在一片欢声笑语中,大家又赶紧梳理了新的一批"微心愿"清单。

　　民生之大，千头万绪的事，说到底就是千家万户的事。在社区，时时都能体会到平安祥和的温馨与其乐融融的真情，处处都会感受到升腾的人气和凝聚的力量。

共济

孟子云:"乡田同井,出入相友,守望相助,疾病相扶持,则百姓亲睦。"从居民与居民的"互助",到楼宇与楼宇的"互通",再到小区与小区的"互联",社区在塑造新时代邻里关系中,实现了和合共生,和衷共济。

远亲不如近邻。古代孟母三迁、择邻而处的故事家喻户晓,不过要放到现在,因为遇到某些解不开的疙瘩就打算搬家,对于普通人家成本可是不小。尽管如此,刘大姐还是动了搬家的心思,而且这个念头前前后后持续了将近半年。直到赶上单连富的直播,并且帮助她解决了烦扰许久的心事,她才算真正地打消了搬家的念头。

事情还得从俪城社区的直播说起。随着自媒体平台的不断发展，网络直播成了人们不可或缺的娱乐和生活方式。在探索基层治理服务的过程中，俪城社区借助新媒体传播形式，通过形式新颖的直播活动，打开教育群众、关心群众、服务群众的大门，并使得"彩虹新俪"文明实践品牌深入人心。

"彩虹新俪"最受居民欢迎的节目，就是社区工作人员唠家常。本来社区打算每个人轮流上播，可是几场直播下来，俪城社区主任单连富的"粉丝"最多，其他工作人员直播时，居民也总会问单主任怎么没来。"我这一不小心成网红了，既然居民都想找我唠嗑，只要没有特殊情况，我就当主播，这样你们也能有更多精力处理其他工作……"单连富在社区例会上的表态得到了大家的赞同。

这一天，设备刚刚支棱起来并调试完毕，直播间一下子就涌进了二百多人，单连富知道这些人都是辖区的资深"粉丝"，他们可不是奔着他这个主播而来，也不是光来瞧热闹的，而是想通过这个平台，向社区反映身边问题，寻求解决途径。

刚开播时，单连富介绍了近期居民关心的八里河老旧小区改造工程推进情况，包括对破损的方砖步道进行修缮和摸黑路加装路灯。直播间的公屏上满是"鼓掌"和"鲜花"，居民都为社区为民办实事的行动竖起大拇指。

这时，有个小纸条塞在正在直播的单连富手上。"看公屏！"工作人员葛长庆提醒单连富，问题来了。

原来是华邦俪城小区6号楼二单元的一位姓刘的居民："你光说八里河改造，可我家下水道堵了许多次，这个事社区管不管，我用半生积蓄买的房子，就为了下水道还得搬家？"单连富迅速锁定这个消息，立即把社区办公电话和自己的手机号码公布出来，并且回复："刘大姐，只要是辖区居民的事，咱社区都管。"

下播后，单连富第一时间联系这位刘大姐。原来楼上居民用水时，管道多次堵塞，导致她家地板都被污水泡坏，而且没有人肯出钱维修。"楼上楼下住着，下水道问题不解决，给整个单元的居民都带来了麻烦，由于我们是无物业小区，疏通管道只有自己想办法，我与邻居多次协商都不行，跟这样的邻居住在一起真的没劲，还不如早些搬走，少惹点气。"刘大姐说。

单连富一边安抚着刘大姐，一边了解情况。原来刘大姐自从买房子到现在，下水道已经堵塞了五次，要是疏通晚了，返上来的污水就会殃及整个房间。每次她都是自己拿钱疏通，楼上楼下的邻居都受益却没有付出，刘大姐感觉很不公平。

这一次，她不想再继续吃这个哑巴亏，便联系邻居们，希望疏通的钱由大家共同来出。五楼住户常年不在这儿住，不同意出钱维修，三楼和四楼称自己不用水，也不出钱。这样的事情就谁摊上谁倒霉吗？叫天天不应叫地地不灵，刘大姐感觉自己势单力薄。她听说社区有个直播平台可以反映问题，这天正好在家休息，就抱着半信半疑的态度，参与了互动环节，想看看社区到底能不能为她做主。

单连富与社区工作人员一同来到刘大姐家中，也请来邻居，到刘大姐家里"眼见为实"。他耐心对邻居进行劝解，还表示如果谁家出钱有困难，他可以帮助垫付。听到单连富实实在在的话语，目睹刘大姐家里的"惨状"，邻居们都觉得有些不好意思，一致同意共同出资疏通下水管道。

问题得到解决，刘大姐再也不提搬家的茬了，用她自己的话说："终于安定下来了，家安心也安。"

单连富家庭条件优越，大学毕业后父母希望他能进国企工作，或者接手管理家里的企业，可是他年纪轻轻，却偏偏爱上了社区这一行，从与居民的疏离和缺少沟通，逐步成为矛盾调解的"行家里手"。

"他家漏水，把我家淹了，得赔钱。""楼下住户把自家的箱子放在楼道，老挡着我出行。"……侵占绿地、饲养宠物、停车管理等邻里间的日常纠纷，虽然微小，但如果问题化解不及时，"小纠纷"会酿成"大矛盾"，就需要及时出手，把居民的"小烦恼"转为"大幸福"。

"坐下来慢慢说，不要着急。"在单连富轻言细语的安抚下，来者总会渐渐平息愤怒。哪里有纠纷，哪里就有他的身影,凭着对工作的执着和热爱,以及对辖区百姓的满腔热情,他始终脚踏实地地坚守在基层第一线。

单连富的手机二十四小时开机,哪怕是半夜或凌晨打来的电话,他都会耐心接听。这个电话号码已成为居民熟知的服务热线,热线的那一头,系的是居民的"急难愁盼",这一头是单连富对做好社区工作的热忱追求。"只有为民的心一直在线,服务的热线才能不'掉线'。"他说。

听一通抱怨,倒一杯热茶,说一句暖心话,都是再平常不过却又很难常年坚持的事情,但单连富做到了,也坚持下来了。"衙斋卧听萧萧竹,疑是民间疾苦声。些小吾曹州县吏,一枝一叶总关情。"郑燮的《墨竹图题诗》,他工工整整抄写在笔记本上,并不时翻看着。

推广睦邻家庭文化,最重要的是搭建邻里之间生活和情感交流的平台。把联谊活动搬进社区、楼栋、家庭,能够密切邻里关系,增进邻里友谊,也能够促进家庭和谐,弘扬家庭美德。

"各位,跟你们说说今天一件有意思的事。"丛贵闯刚回社区,就扯着嗓子喊。"你这一惊一乍的,又有啥新闻了?"同事们不约而同询问着,都把奇闻逸事当作忙里偷闲的小乐趣。

"76号楼的于阿姨在楼道门口捡到一个书包,也不知是谁家的孩子不小心丢掉的,她站在楼下等了半小时,终于等到一位大哥领着孩子过来找书包。""这有啥意思?"大家就问。"我这不还没讲完嘛,因为于阿姨还拎着一袋地瓜,孩子家长为了表达谢意,非要帮她送回家,结果发现两家是同一个单元上下楼的邻居……"这还真是无巧不成书,大家继续议论着,王英民却有了一个新的想法。

她小时候住在民房,父母若是没回家,她和同学放学后就去邻居奶奶家等着。现在,同一小区,甚至同一栋楼的邻居,都是天天相见不相识。社区应该搭建一些平台,把居民给聚拢起来,这样社区的工作就有了抓手,心齐才能泰山移,社区再搞活动,也会有事半功倍的效果。

想法一出来,王英民赶紧记在本上,又在工作例会上提了出来。一石激起千层浪,有人说,我们现在的压力已经够大了,何苦还要自己难为自己;有的说,真的应该做点什么,让更多的居民认识身边的邻居,他们和谐了咱工作也好开展。经过几轮讨论,最后的方案是,促进邻里团结互助这件事,社区义不容辞,年轻人白天都上班不好组织,那就把目标锁定在老年人群体,先行先试。

自古讲究师出有名,活动就叫"家庭文化节"吧。金润社区首届家庭文化节就这样经过充分酝酿讨论后,如约而至了。

通过征求老年人的意见，兼顾趣味性和安全性，社区设计了一些游戏环节，比如"你来比画我来猜"等活动。老年人参与积极性特别高，出现了名额不够的火爆场面。王英民又提议，在重阳节前夕加办一场老年人趣味运动会，让所有老年人都有机会参与活动和展示才艺，结果报名人员又是爆满，参与活动的老人脸上洋溢着笑容，好像又回到了开心的童年。

金润社区首届家庭文化节落幕后，好多居民来找社区。"我老爸老妈都拿个奖状回来，还时不时拿出来'显摆'一下，我也想带着儿子参加活动，明年能不能考虑到各个年龄段？""阿姨，我愿意跳绳，能不能有跳绳比赛，我肯定也能拿奖。"王英民满口答应，年后在研究工作计划时，就把家庭文化节作为一项重要工作安排上。

就这样，金润社区第二届家庭文化节又增加了才艺展示、跳绳比赛、爱心义卖、厨艺展示等活动。

才艺展示好戏连台，内容健康、积极向上。有拉二胡的、弹琵琶的、跳民族舞的、朗诵诗词的……充分展示了每个家庭多才多艺的一面。

跳绳比赛是家庭文化节最火热的活动之一，参与人数多达百余人。大家为了在比赛中脱颖而出，就利用闲暇时间，拿根跳绳在楼下进行练习。这样的方式督促了居民自觉进行体育锻炼，很好地达到了全民健身的效果，还没开始比赛，就欢跳成了一片，真正做到了友谊第一比赛第二。

爱心义卖则是最温暖的家庭文化节项目，居民以家庭为单位，有的孩子把自己珍藏的书籍、玩具、小制作等，整整齐齐在广场上摆开，大声叫卖着；也有的居民精心制作了糕点拿来售卖，义卖品还有皮包、衣服、小首饰……义卖的爱心款全部投放到了爱心义卖箱内。活动结束后，王英民带着居民代表，把爱心款送至困难居民家中，将一份份爱心汇聚成扶贫帮困的力量。

"除了居民喜闻乐见的文体活动，还应该挖掘家庭文化节在邻里共建和家庭教育方面更深的意义，找到更有意义且能吸引居民参与的结合点。"在第二届家庭文化节后的总结会上，这个观点又成为社区面临的新课题。

"能不能把家风家训建设作为文化节的一部分呢？"郭丹萍提议。她想到自己因为从小被外公勤奋好学的家风熏陶，现在才能静下心来看书写作，所以最应该传承家风家训的是孩子们。带着问题，她一方面与同事交流，一方面征求居民意见。

"家风家训可以成为家庭文化节的一项特色活动，我们和金润小学共建，让孩子们带动家长，思考一下每个家庭的家风家训。"在第三届家庭文化节筹备会上，郭丹萍说出了自己的想法，得到了所有人的赞同。

说干就干，在金润小学的支持配合下，社区仅用了一个月的时间，就征集到家风家训一百余条。

"小郭，孙子非得问我家风家训是什么，咱家原来也没有啊，后来我急中生智，说是孝敬老人，你猜咋样，孙子晚上就给我打来洗脚水，我是又舍不得又高兴。儿媳妇说，以后咱家就定这个家风家训了，一辈一辈往下传，你们真是干了一件大好事！""这个家风家训活动太厉害了，我晚上玩电脑游戏，闺女说我家的家训是勤奋好学，你再玩游戏我就告诉爷爷去。"这些小故事让社区工作人员开心不已，也备受感动。

家庭文化节期间，社区通过手抄报、书法、朗诵等形式，展示了家风家训，还汇编成《小手拉大手传承好家风》，由郭丹萍执笔"后记"："这里记录着小区居民的家训格言，每个故事都具有丰富的教育功能和深刻的生活意义。愿所有阅读这本书的读者——无论是涉世未深的青少年，还是经历过世事风雨的成年人，能因这本书中的某个故事或者是某句话而改变想法，养成积极乐观的心态，焕发担当奉献的精神，保持向善向上的力量……"

一座城市的凝聚力，既体现在居民对自然资源、建筑风格等方面的认同，也体现在居民对风土人情、文明素养等因素的同频。在这样的城市里，邻居，不再是最熟悉的陌生人，而是共塑城市内在气质和幸福底色的一家人。

"听说没，42号楼的小唐她爸昨晚住院了，救护车叫了好长时间呢。""不会吧，老唐大叔那体格杠杠的，昨天下午还看他领着外孙女往家走呢。"社区早上开例会之前，几位工作人员就在那叽叽喳喳地谈论。

上午9点，例会准时开始，阎莉莉把这天的工作布置下去，下午全员要下沉到网格，开展楼道野广告清理，为明天的环境卫生检查做好准备。这还没散会，电话就响了起来。"阎姐，我爸昨晚住院了，有轻微脑出血，我这是实在没办法才找你，妞妞在幼儿园下午没人接，我老公出差了，我妈从老家往这赶明天才能到，看看你们能不能帮我接个孩子？"

电话里的声音又大又急促，会议室里的人都听到了，阎莉莉刚想说社区可以安排人帮忙，来参会的八嫂服务队队长孙姨就走了过来，拽了拽阎莉莉的衣服，用手比画比画自己。阎莉莉马上明白了："小唐，你别着急，我们社区今天下午有统一活动，孙姨在这儿，她能去帮你接孩子。""太好了，我这就和幼儿园老师联系下，要不孩子她接不走。""小唐，你别着急，我下午去接妞妞，晚上饭也在我家吃了，你要是放心，晚上在我家住都行，我把我孙女也接过来，两个孩子还能一起玩。"孙姨接过电话，只听到电话那头不停地传来"谢谢，谢谢……"。

社区就是个小社会，有点新鲜事很快就传遍了。"孙姨帮着接妞妞，还给孩子做了萝卜丝海蛎包子，听说那个挑食的小姑娘一口气吃了三个，拳头那么大呢！""老孙人真不错，她们那个八嫂服务队也热情，有个好邻居真是有福气！"大家茶余饭后，坐在楼前唠着。

　　说到具有多年光荣历史的八嫂服务队，在聚鑫社区居民心里，可是最温暖、最踏实的存在。几年前，刚刚退休的孙巧云热心公益，好多邻居遇到棘手的"紧急事件"，就直接找到孙巧云寻求帮助。帮年轻人接个孩子，帮独居老人捎棵白菜，帮无法请假的邻居抢张火车票，每次孙巧云都是毫不犹豫。

　　可是随着"知名度"越来越高，她自己也有点力不从心了。社区了解到这个情况，就跟孙巧云商量。"要不组织个队伍吧，这居民总是找你帮忙，你还不好意思拒绝，别再给你累坏了。""对，我们社区牵头，在小区里多找些热心人，一起帮着接孩子和代买代卖，人多力量大。"这个提议一经发布，迅速得到响应，很快就有七人和孙巧云组队了，聚鑫社区又给她们配上颜色醒目的黄色马甲，还起了响亮的名字"八嫂服务队"。

　　随着"八嫂"名声越来越响，想加入的人也越来越多，还有一些"老爷们儿"踊跃报名，都说自己也想为邻居做点事，这样自家有困难才好意思麻烦邻居。

"老李，你们楼的老王太太想买一桶油，自己拎不动，刚才问社区能不能帮她一把，要不你去？"李大叔干脆地答应了，还当场表示想加入服务队："为人民服务就该男女平等，你们可不能搞性别歧视。"老李振振有词。本着"顺应民意"的原则，"八嫂"的队伍里面，开始有了男同胞的身影。

八嫂服务队有点名不副实了，大叔们很大度，没有计较，名字不重要，服务态度和内容更重要。

于是，每天上午9点左右，走进聚鑫社区，就会看到一个个身穿黄色马甲的服务队队员，有的拎着蔬菜和水果往居民家中走去，脚步急急匆匆；有的拿着清扫工具在清理环境卫生，脸上溢满幸福和开心；有的正在协助网格员，进行安全隐患排查。

积极响应辖区居民呼声，是八嫂服务队发展壮大的根本。在与居民接触的过程中，社区发现居家养老是很多家庭急需解决的问题。通过多方沟通，在八嫂服务队的基础上，社区又成立"阳光大姐家政服务队"，吸纳有专业技能的居民，打造了一支针对性强、服务性好的家政服务队，服务对象主要是辖区患有重大疾病、行动不便或者独居的老人，并且特地聘请专业护理人员进行讲解培训，不断拓宽居家养老服务的深度和广度，帮助解决老人无人看护的后顾之忧。

在社区的推动下，经过一段时间的实践，不断招兵买马的八嫂服务队，又"整编"为扶贫帮困、助老敬老、免费代购、环境维护、文化体育、调解纠纷、就业援助、治安巡逻八支分队，拓展了"空巢老人望一望、残障人员帮一帮、困难家庭助一助、不良言行管一管、邻里纠纷劝一劝"等日常性服务。

让善被看见，让爱被感知，为更多人带去信心和希望，为整个社会注入正能量。如今，"八嫂"早已不是一个群体，而成为一种象征。

有了他们，小区更安全，环境更整洁，邻里相处得像家人一样。这就是榜样的力量，这就是精神的感召。"八嫂"的故事不断续写着，而他们也带着对生命的热忱和对美好的守望，变得永远年轻、永远真实、永远动人。

这几年八嫂服务队成员有进有出，为邻居服务的初衷未改；社区工作人员有来有往，对八嫂服务队的支持一如既往。

让邻居们由相识到相知，由相知到相敬，由相敬到相助，才能促进形成以德为邻的新型邻里关系，更加彰显基层治理的亲民之姿、为民之实、温暖之感，让"小切口"呈现社会的"大和谐"。

搭把手，是一个简单的动作，也是一个高尚的举止；"搭把手"，是一句朴实的话语，也是一句庄重的承诺。

在基层治理中，志愿者发挥着不可替代的作用，不仅能减轻社区的工作负担，而且可以通过专业化的服务提升居民的生活质量。

志愿者的热情有了，但如果不能做到与居民的需求真正贴近和对接，服务效果就会大打折扣，有时候还会因为一些误解伤人伤己，如果社区组织不当，也往往会导致两头不讨好。

"我们这群志同道合的伙伴，想要组建一个志愿服务组织，刚开始是空有热情，却不知道从哪儿下手。"作为一名退伍老兵，同时又是志愿者新兵，范晓文一时还不得要领。

"只需要发挥你们的热情和特长，剩下的事情交给我们，眼下社区正好有需要你们帮忙的事，想得再多不如做一次，有兴趣没？"就在范晓文一筹莫展之际，社区的唐晓琛带着刘雪主动登门，破解困扰。

"必须有兴趣，啥事啊？""这不夏天到了，社区后面小广场晚上都是老人和孩子，经常有很多垃圾被扔在地上，你看能不能出几个志愿者，等人群散了之后，帮着把垃圾收拾收拾？""放心吧，尽管这只是个举手之劳的小事，但我们肯定会做得漂漂亮亮。"

当天晚上，范晓文就带着三名志愿者来到了小广场，他们戴着红袖箍，还揣了一些小玩具，免费送给孩子们玩，在玩的过程中就对孩子们说，不能随便丢弃垃圾。因为这些志愿者也是年轻人，和孩子们更容易拉近距离，当晚孩子们就把雪糕袋、西瓜皮、桃核都扔进了垃圾箱，家长们也主动清理了周围的垃圾，一幅久违的画面动人而和谐。

社区最了解百姓需求，也最清楚志愿者的专长特点，因此作为搭台的一方，社区的组织发动和内容设计显得尤为重要。台搭好了，戏才会唱得有声有色，既有利于角色的发挥，也会赢得更多掌声与喝彩。

在响泉社区的指导下，范晓文和志愿者相约，帮助社区承担一些力所能及的事情，也在居民之间互相搭把手。就是这样一个约定，"搭把手志愿服务队"应运而生。志同道合的人才会欣赏同一片风景，而且小区居民都是前后楼的邻居，"搭把手"的队伍，很快就由成立之初的不足三十人，发展到一百余人。

"搭把手"来了。队员们来到困难儿童家里走访慰问，有的放矢展开爱护帮扶，让他们心有人爱、身有人护、难有人帮、梦有人助。每到一户儿童家中，队员们都仔细询问孩子近况，鼓励他们自强不息，勇敢面对生活，还为孩子们购买学习用品和玩具。

"搭把手"来了。队员们长期为辖区孤寡、空巢老人及行动不便的居民提供代购、代送、代缴费等服务，与共建单位一道，定期在居民中间开展健康讲座，提供免费义诊等服务，每逢节日与爱心商家一起，为特殊群体送温暖，让志愿服务时时可为、处处可为、人人可为。

"搭把手"来了。在环境整治活动中，队员们手拿垃圾夹、扫帚、铁锹等工具，忙碌在小区各个角落，清理楼道内乱堆乱放的杂物，清除花坛、绿化带内的杂草，虽然双手沾满污泥，但热情高涨。

想以一个志愿项目来促进邻里和谐，不能是一厢情愿，必须是一拍即合；不能是剃头挑子一头热，必须是月老红绳两面连。

社区问需于民，设计问卷展开调查，定制精准精细服务清单。在社区居民中，有的全职妈妈在育儿方面是高手，有的是医院的医生，有的在电器维修方面很精通，有的在养鱼养花方面有特长……社区把这些行家里手推荐到"搭把手"中，满足居民的多方面诉求。社区服务的"朋友圈"越来越大，社区治理的"金点子"越来越多。

以"举手之劳，让爱循环"为宗旨，"搭把手"带动共建单位、爱心商家、居民踊跃参与，将共同建设美好家园的理念，传遍辖区的每个角落。现在的服务项目，已经不是巧妇难为无米之炊，而是各种食材一应俱全，只要社区提供一份量身定做的菜谱，就能烹制出众口可调的美味大餐。

"我不行""我不可能""我做不到",在这支队伍里,永远听不到这样的声音,大家能听到的都是斩钉截铁的话语:"需要我做什么""我都可以""马上去"。

鱼得水而逝,而相忘于水;鸟乘风而飞,而不知有风。更多的时候,"搭把手"的队员都缄默着,不事张扬是他们一贯的风格,只能从他们不知停顿的身影里,看到心灵深处那些闪光的东西。

高楼林立的城市里,人与人之间的疏离感严重,为生计奔波的人们回到家,更加剧了这种隔膜。打造"熟人社区",居民才会更加珍惜邻里情感的温暖可贵,重构日常生活的幸福体验。

"春天来了,万物复苏,又到了动物们撒欢儿的季节……"套用纪录片《动物世界》那句经典的配音,就能准确描述此刻小区内两条狗一起玩耍的情景。

王女士和李女士都是东山路小区的居民,虽然都是邻居,两人却没有交集,也并不熟悉。这天傍晚,她们带着自家的宠物狗,来到花草葳蕤的院子里。王女士家养的是棕色的小泰迪,李女士家养的是白色的吉娃娃。因为都没有牵绳,遛着遛着,两条小狗就遛到一起,一开始双方还保留着些许的矜持,但很快就相互追逐起来。两位主人看着小狗在一起亲昵玩耍,也不再过多关注,就用手机对着盛开的丁香花、垂丝海棠不停地拍照。

"汪汪,汪汪……"不知何时,小狗由起初的嬉闹,忽然开始互相撕咬起来,而且还在奔跑中,撞倒了一个正在骑车玩耍的小男孩。

王女士和李女士都忙着唤自家的小狗,同时也呵斥着对方的小狗。小男孩的母亲一边哄着孩子,一边呵斥着两条小狗。一时间,狗叫孩子哭大人呵斥声交织在一起,现场乱成了一锅粥。

"我家狗狗很乖的,肯定不会首先挑事。""什么叫乖,本来就是你家的狗将我家的狗扑倒在地的。"双方你一言我一语,吵得不可开交。

看到狗的主人将狗看得比自家孩子还重要,孩子的母亲就不让呛了,急忙上去理论:"好歹你们先问问孩子摔伤没有,是不是应当再道个歉啊!"

正在附近进行网格巡查的蓝晓卉闻声而来,她见两位宠物主人根本没有考虑到孩子母亲的感受,反而一直维护自己的爱犬,而且也没意识到遛狗不拴绳的错误。

在院子里散步的人们也都过来围观,看着相互争执的场景,都连连摇头:"这也太不应该了,遛狗就应当拴绳,既是对宠物负责,更是对小区邻居负责。"

气氛越来越紧张,双方有点剑拔弩张,防止爆发更加激烈的冲突，有的人建议报警解决。

蓝晓卉认为，做精网格化治理，就是要化解各类矛盾风险，既不能绕着道走，也不能把难题简单上交一推了事。这件事其实是可以调解的，因为没有造成更严重的人身伤害，还不至于到报警的地步。

蓝晓卉给社区主任柳庆打了个电话，叙述了事情的经过，然后建议三位当事人，不妨一起到社区去评评理，院子里都是低头不见抬头见的邻居，吵吵闹闹大家面子上都不好看。

"先别问我，是她的狗没拴绳，才激怒我家小狗的。"王女士刚进社区，就不顾左右而言"她"，"她"当然就是李女士。小区里，很多人或碍于面子，或过于计较，对待自己和要求他人方面，往往采取"双重标准"，我行我素可以，却不可任性。社区工作人员就不能被这些人带了节奏，必须一碗水端平，偏了洒了可不行。

"狗不懂事咱得懂事，狗不讲理人要讲理，一个小动物哪会明白井水不犯河水。再说了，摔倒的孩子都没像你们一样吵吵闹闹，你们还好意思互相指责。"柳庆的一番话，说得王女士和李女士面红耳赤。

由于小狗冲击的力量不是很大，而且孩子也是没站稳，慢慢倒在草坪上的，经过询问和查看，的确也没有受伤，两位宠物的主人真诚地向孩子和妈妈道了歉。

"前段时间,社区聘请律师来讲《民法典》,你们也没参加,今天我把学到的法律知识给你们讲讲,免得因为养狗而吃官司。《民法典》第一千二百四十六条明文规定:'违反管理规定,未对动物采取安全措施造成他人损害的,动物饲养人或者管理人应当承担侵权责任。'"柳庆说。

"这还真的不是开玩笑,我听朋友说他同事居住的小区,去年有一条狗将正在遛弯的老太太扑倒,造成严重骨折,被家属起诉到法院,狗的主人赔了老太太一共九万多元呐。"刚从网格巡查回来的邢宸适时补充了一个案例。

由社区工作人员变身为普法者,柳庆说:"即便不吃官司,因为遛狗伤了邻居之间的感情,也是不应该的。"

"是啊,以后不能再抱有侥幸心理,认为狗狗很乖,不会咬伤别人,就不拴绳了。""以前尽管也了解像遛狗不拴绳、小狗随地便溺、吠声扰民等属于不文明现象,但一直没当回事,今天才知道,弄不好还会吃官司。"王女士和李女士都态度诚恳认了错,并表示以后遛狗一定会拴绳。

狗不咬不相识,人因狗而加深了解,王女士和李女士还互相留了联系方式,在这之后又都成为文明养犬的监督员。

此次纠纷化解后,民馨社区加大了宣传力度,在各个小区内设置了专门的遛犬区域、宠物垃圾箱、犬只临时收置点等,文明养犬、科学养犬意识深入人心。

"你家这条萨摩耶可真可爱,不过毛有点长了,最好到宠物店打理打理。""我家小布丁怀孕了,你们可都得让着点哈。"狗与狗其乐融融,主人和主人和睦相处。

需求在网格中发现,矛盾在网格中化解,安全在网格中保护,服务在网格中开展,让服务的触角延伸至基层和社会的最末端。这是一张张网,收尽民生、民事和民情;这是一方方格,写满民声、民意和民愿。

"钉钉,早上好!"这是鸿玮社区工作人员每天在网格日记里的第一声问候,这声音既亲切又有号召力。问候之后,所有人便即刻进入了工作状态。上午8点25分,王菲分享了图片信息《反诈灵魂八问》,并要求大家转发到自己的网格群里,短短五分钟,所有网格员通过各自的网格群就将反诈宣传工作完成了。

社区工作人员通过网格日记,随时都能看到彼此的工作动态,互相学习监督。

李爽的第十四网格:今天下午2点19分,发现5号楼楼道堆放物料,已联系相关人员处理。

刘楠的第九网格:今天上午9点40分,彩虹桥附近的下水堵塞,脏水流了出来,已通知城管。

王晓黎的第十三网格:从早上开始,出门巡查中元节沿街情况，下午接待残疾人员填表。

如果说社区是基层社会治理的关键一环，那么网格就如同基层治理的"神经末梢"。走街串巷查隐患，苦口婆心解纷争，一丝不苟办实事……在日常生活中，一群来往穿梭在楼栋和居民家庭的网格员，用忙碌的身影，确保了社情民意无遗漏、为民服务无缝隙、社区管理无盲点。

每天接了多少居民的电话，叫得出哪些居民的名字，走在路上有没有居民主动打招呼，这就是衡量居民对网格员认可度的标准。

从南到北是12500步，从北到南也是12500步，这是网格员小李每天风雨无阻的运行轨迹。这天晚上，她拿起手机一看，自己的步数又来到了28000多。最近她的运动记录，每天轻飘飘就能达到30000步左右，也经常会占据运动小程序的封面。以前她总是坐在大厅接待居民，每天下来疲惫不堪，下班后就很少运动，所以她的运动步数在朋友圈里总是排名靠后。担心别人认为她懒惰，前不久她想取消这个功能。实行网格管理后，每天不知不觉就能走上20000步，她俨然成了运动达人。

"现在脚上一直穿着舒适的运动鞋，过去愿意穿的那些高跟鞋，早就被打入冷宫了。"小李说。这个话题很快引起了共鸣。"我那些漂亮的高跟鞋也是很久未见天日了。""我现在逛商场都是直接忽视了卖鞋子的柜台。"

一支笔记录社情民意,一张嘴调解邻里矛盾,一双腿穿梭单元楼道,看起来轻描淡写的"三个一",却是网格员日常工作最真实的写照。

当然,网格管理做得好与坏,走步是必需的,但仅仅看走了多少步是远远不够的。日常巡查既要眼观六路耳听八方,还得会找事,甚至有鸡蛋里挑骨头的本事。

"冯阿姨,我听说你最近和楼上的邻居闹了点矛盾。"网格员于士玉来到达赫山庄小区,对6号楼的冯阿姨说。"没有,在哪儿听得瞎话。"于士玉又来到楼上:"刘姐,听说你跟楼下那位阿姨有点不和,什么事情引起的啊?""你听错了吧?"刘姐也矢口否认。

这就奇了怪了,明明是亲耳听楼长说的,为啥都不承认呢?邻居之间不怕有矛盾纠纷,怕的是不及时了解和处理,这样网格员可是有责任的。于士玉把问题反映给王菲,她俩第二天又来了。

看到社区主任也来了,楼上楼下就不再那样冷淡,而且敞开了心扉。原来,刘姐家有两个没上学的小孩,每天晚上玩耍打闹,还在客厅玩蹦床。冯阿姨家有一个高中生,写作业时常常被楼上"咚咚咚"的噪声打扰。冯阿姨来找刘姐,刘姐的态度还好,答应会管住孩子,结果没好几天,打闹又开始了,逼得冯阿姨偶尔也操起木棍,敲击着天花板。一来二去,双方开始心生芥蒂,不过倒也没撕破脸皮。

王菲觉得她们都不想闹得满城风雨，就说服两家人，凡事要换位思考，多体谅一下别人。于是，隔阂渐渐消除，两家人重归于好，有事还能互相照应。

"可能有信不过的因素，也可能有难言之隐，这样的事一家不想我们管，一家不用我们管，而我们偏偏要管，还要管得双方都满意。"王菲对于士玉说。

从"你上门找"到"我入门寻"，从"见管不见人"到"双向良性互动"，"社区人"就要有强烈的责任感和使命感。

能在网格"混"，还应当先"混"个脸熟，脸熟才能证明工作被老百姓看见了，才能得到足够的认可与信任。"作为一名社区负责人，要做到进百家门，解百家难，暖百家情。"这是王菲在辽宁社区工作者学院参加培训时撰写的学习体会。

王菲曾在多个社区工作过，每到一处都勇挑重担，主动作为。但是就在前段时间，因为没能有效运用网格进行矛盾调处，她被街道领导批评。争强好胜的王菲暗下决心，一定要知耻后勇，痛改前非。

一次，住在岭秀逸城C区的金女士被家暴，她向社区寻求帮助，王菲和网格员李晓文第一时间赶来，经了解，金女士的丈夫失业后经常酗酒，一喝就醉，一醉就殴打她。本着劝和不劝离的原则，她们做着思想工作，岂不知多次挨打的金女士根本就没想离婚。

她们又找到金女士的丈夫，结果刚一见面，他就暴跳如雷，说他们夫妻感情早已破裂，坚决不能在一起过下去了。回过头再找金女士，她却认为社区工作人员是在挑拨离间，意图拆散她的家庭。

事情的进展和双方的态度，把王菲和李晓文整得摸不着头脑了。还是换思路吧，她们认为可能双方的确没到离婚的地步，症结应该是男方没有工作导致的。社区联系就业部门，为他找到一份稳定的工作，打那以后，再也没有发生家暴行为，更甭提离婚的事了。

社区调解工作中，最难的莫过于家庭纠纷，爱恨情仇会交织得千丝万缕，很多时候对于事情真相，网格员只能管中窥豹，想调解却找不准穴位。

面对实践中的难题，社区工作人员完全不能简单套用书本上的理论。观察、分析、推理加经验，这个时候，平日练就的十八般武艺，算是有了用武之地。

薪传

文化是一个时代的前进号角，也是一方地域的精神旗帜。在这里，有辞藻丰富的诗词，有文笔华美的歌赋，有气度万千的书法，有风格各异的绘画……讲好时代故事，引领文明风尚，潜心创作的文艺节目精彩纷呈；唱响主旋律，传播正能量，根植民间的社区文化好戏连台。

节日最能体现人们的身份认同、民族认同、文化认同，尤其中国传统文化中仁爱孝悌、谦和好礼、见利思义、诚信知报等优秀美德，都会在节日中得以体现。

正月十五元宵节，大街小巷张灯结彩，赏花灯、猜谜语、吃元宵……各种民间文娱活动，更是把节日的欢乐气氛推向高潮。

一年一度的百花会，是古城金州在元宵节举办的传统活动。数十支队伍在文化广场集中展演，国家非物质文化遗产金州龙舞和传统的"闹海秧歌"表演交相辉映，威风锣鼓、红灯舞等现代舞蹈令人耳目一新，还有单鼓舞、花篮舞、旱船舞、鞭棍舞、狮子舞……各支表演队伍还沿街巡游，一时间倾城之欢万人空巷。

鑫润社区主任于秋风是大连市曲艺家协会理事，金普新区戏剧家协会副主席。在市文艺圈里，于秋风称得上是个颇有名气的"角儿"，经常参加各种晚会。垃圾分类、邻里纠纷、环境治理……她还把发生在身边家长里短的故事，通过自创小品等艺术形式呈现给观众，她创作表演的小品也多次在省市获奖。

农历虎年来临之前，于秋风照例又开始了新一届百花会的各项筹备，组织群众演员，定制演出道具。

元旦刚过，于秋风安排好社区的大事小情，便来到文化馆，参加了文艺骨干培训班。按理说，一年之计在于春，社区里面一堆堆的事牵丝挂藤，她哪有"闲心"来唱歌跳舞，可作为全区的文艺骨干，她又必须"当仁不让"，而且这一次，她可是带着光荣使命而来，百花会的表演，离了这些骨干可不行。

从腰鼓舞到花篮舞，从扇子舞《在希望的田野上》到秧歌舞《春暖花开》。课程多，任务重，大家必须在三天内将整套舞蹈动作全部学会，在编排好舞蹈队形的同时，还需要了解整个百花会的流程，包括演出时间和音乐节点、进场退场顺序等。

文艺骨干培训是疲惫的三天，也是"疯狂"的三天。为了记住每个舞蹈动作和队形，于秋风从早上 8 点 30 分开始，一直排练到下午 3 点，不停歇地随着音乐练习舞蹈动作，几十遍、几百遍，因为只有熟记于心才能传授给社区里的群众演员。

最苦的日子是给群众演员集中培训的那些天，社区广场上寒风刺骨，每个人都穿着厚厚的棉袄，每天准时出现在排练场上。

百花会开场舞要求每个街道出 240 名群众演员，队形要由田间稻穗变成 1 朵大花的造型，6 个街道 1000 多人，排成 6 朵大花造型，分布在体育场的 6 个方位。群众演员的年龄较大，基本在六七十岁，最大的已经八十多岁。这些老大妈们需要随着音乐，将队形逐渐变成层层绽放的花朵造型，很多动作需要不停地蹲下起立，老年人下蹲费劲，有的直接就跪在了水泥地上。有些动作，前脚教后脚就忘得一干二净，一些演员经常在花朵就要成形的时候，还找不到自己的位置。

于秋风顶着寒风，一遍遍示范，又一遍遍纠正，手冻红了，嗓子喊哑了。腊月二十八，大妈们基本学得差不多了，也通过了文化馆导演的检查,各自赶紧收拾收拾回家过年。

正月初七准时排练,群众演员穿上了鲜艳的秧歌服,一个不少整整齐齐地聚集在广场上,看来这个年过得都健健康康快快乐乐,于秋风的心中满怀希望和期待。

哪知音乐响起后,大妈们把动作和队形竟然忘得一干二净,而且像事先约好了,要忘大家一起忘,谁也没有搞特殊。各种凌乱的画面来回闪现,这真是一个"雨心碎风流泪"的时刻,于秋风的心拔凉拔凉的,甚至比当日的天气都凉,年前那些辛苦都白白浪费了。

大不了从头再来,大妈们倒是信心满满。不从头再来也不行啊,于秋风多少有一些气馁,离正式表演只剩一周时间了,可是看到大妈们乐观的眼神,她又觉得不忍心再说太多。既然从乡长一下变成三胖子,就不要照头再给一棒子。于秋风开始重复腊月里的辛苦,手被冻得发麻,脸被寒风吹得干裂疼痛,但是只要音乐一响,她立马像打了鸡血,斗志昂扬地开始了表演指导。

正式表演那天,她辅导的节目完全可以用"惊艳"来形容,伴随着欢快的秧歌、飞跃的金龙、调皮的南狮北狮、铿锵的锣鼓以及一张张洋溢着快乐的笑脸,于秋风的心情也变得欢欣若狂,她早已忘掉了付出的辛酸和劳累。

于秋风善于发挥自己的特长,不仅仅举办广场舞、大秧歌这样接地气的文化活动,还注重把高雅艺术带进社区,提升居民审美层次和欣赏水平，精心打造文化社区。她与金普新区朗诵艺术家、曲艺家，以及诸如戏剧家协会等文艺团体联系，共同举办家庭文化节，与典尊教育文化学校联动，开展国学文化讲坛和"浸润书香，悦读致远"读书沙龙活动，诵读美文经典，品味历史文化。

中央歌剧院国家一级演员隋晓方、著名作曲家杨震、多次在国际比赛中获奖的大连歌舞团青年歌唱家刘芳菲等文艺界名人，也走进鑫润社区，参加原创作品文艺会演活动。

如今，人们的娱乐和健身方式有了很多改变，载体也越来越多元化。从原来质朴的大秧歌到现在花样迭出的广场舞，从普及健身操、太极拳、太极扇到现在的读书会、书法、绘画，从线下到线上，于秋风依然不停歇地忙活着。

"既褪毛又掉色，余生就图找个乐。"于秋风说随着自己年龄不断增长，最大的心愿是能将自己的文艺细胞传递给社区的年轻人。她精心培养李霞、王鑫鑫这些文艺青年，让他们都能尽快成为组织社区文化活动的骨干。当然，多才多艺能歌善舞的她依然活跃在大大小小的舞台上。不过在她看来，能够施展才华最大也是最重要的舞台还是社区这片天地，还是辖区居民的心中。

落日熔金，暮云如火，夕阳把一抹绚丽和无限柔情洒向大地。这是一天中最能凝神遐思的时刻，伫立窗前，遥望天际，于秋风神情专注而又激情澎湃。辖区的每寸土地里都留下自己耕耘收获的足迹，回眸人生旅途，她的心中充满着无限的深情和眷恋……

忙碌之余，于秋风常常会拾起自己的绘画爱好，她在画完一幅画后，写下这样一段话：多想泼一幅似水流年的春意，送给每一个凌乱的日子；多想留一段繁花如锦的美丽，送给这些年坚挺的自己。

弥足珍贵的历史文化，承载和见证着这座城市的人文记忆。一碑一刻，一书一画，在历史和现实之间架起对话的桥梁，也为这片孕育希望的土地保留特有的文化基因。

初秋，小区里那棵老梧桐的叶子被阳光涂抹出一片金黄。因为大规模的城市改造，昔日的厂房已被林立的高楼所取代，只有这棵仅存的大树，承载了无数人对一座工厂的集体回忆。老金纺人都喜欢坐在树下，看云卷云舒，念时光倏忽。

金州纺织厂是一座具有百年历史的老厂，在抗美援朝和社会主义建设时期，曾作出不可磨灭的贡献。当年，企业的各种文体活动开展得有声有色，一大批文艺人才脱颖而出。尽管厂址不复存在，但是汗水浇灌的辉煌历史基因还在，心性养育的文化基因也在。

响泉社区大部分居民楼，都是当时金纺的职工家属楼，居民也多是当时厂里的工人。前几年，社区组织老工人撰写回忆录，编辑了《百年金纺纪事》，还向居民征集实物和图片，举办了厂史展览。

一次，在为居民志愿书写对联的现场，从子弟学校退休的张老师，刚刚把"吉祥如意"的横批写完，就放下墨汁未干的毛笔，对社区工作人员说："过去厂子里有一批书画爱好者，经常在春节前帮助工友写春联、画年画，现在这些老人还在，寻思社区能不能把大家聚在一起，经常切磋交流一下。"

"咱们旁边的渤海社区，前段时间就为离退休的老年人组建了书画社，经常搞活动以书画会友，原来那些老工友还眼气我们。"曾在工会工作的老苗接过话头。

"我们这些平时喜欢写写画画的，没有固定活动场所，去谁家地方都不够大，社区能帮着解决不？"张老师道出心里话。

为突出品位性、鉴赏性、娱乐性，实现"一社区一品牌"，各社区先后涌现了聚鑫的巧嫂文艺队、松苑的俏夕阳老年模特队、鑫润的龙舞队、东山的古乐之韵艺术团、民馨的万年青舞蹈队等优秀文化品牌，通过常年不断的活动和演出，提高了居民的文化生活品质。

在文化建设这一块，响泉社区以往一直存在着短板，既然大家热情这么高涨，这一次高低要把这块短板补齐。"放心吧，我们社区绝不能让你们再在老工友面前掉价。"

响泉社区利用文化经费买来笔墨纸砚，还将二楼会议室腾出来，供老年书画爱好者使用。最开始的活动形式还是学员们"自学成才"，其中梁建德的画工最好，大家推选他为授课老师。到年底的时候，除了写春联和画年画，社区还举办了小型书画展，观众看得津津有味，越来越多的居民开始加入响泉书画社。

经过沟通协调，响泉书画社成为金普新区书法家协会的结对共建单位，书法家协会的李伯远老师来到社区，学员们都围在他身边，希望能够点评自己的作品。

"好的书法作品应该虚实结合，您临摹的这幅字还不错，但是太实。""老大姐，您这幅行草写得不错，但是结构有点乱，有空让社区工作人员帮着下载一些名家作品，可以学习借鉴。"李伯远还现场挥毫，详细讲解书法作品的章法布局。

时光荏苒，响泉社区的主任已经更换了几任，现在的主任唐晓琛虽然是一名年轻的"90后"，但是仍然全力支持书画社的各项活动。

"梁老师，咱们书画社的活动已经坚持了十多年吧？""对呀小唐，当年你上高中的时候，你妈还带你来写过春联呢，现在你妈妈都成姥姥了，岁月催人老啊！""梁老师，您还得继续发光发热，这不街道今年开展退休人员国画培训，活动现场就在咱社区，我们商量还请您当老师，这一拨学员可是各个社区的国画爱好者，您还得好好备备课才行，大家都慕名而来呢。""好，好！只要大家需要，我这支笔就不停下来。"

每周二和周五的下午，社区书画社人头攒动，参与培训的人员坐在各自座位上，或品作细论，或瞑目沉思，或凌云纵笔。"别说，闻着阵阵墨香，我手心也痒痒，想学上两笔。"社区里的薛洁小声嘀咕。"你别打扰老师授课，做好服务保障，等有机会单独请梁老师教你两手，其实我也想学。还有，渤海社区的李阿姨今天带着孙女来的，你手头没活儿的话，帮着带带孩子，顶多半小时课程就结束了，让李阿姨安心学画。"唐晓琛说完，两个人默契地笑了。

到了年底，响泉社区翰墨飘香国画展正式启动，还是在二楼会议室的书画社，四面墙壁悬挂着学员们的作品，牡丹富贵，墨竹挺拔，荷花典雅，山水画更是意境幽远。

开展那天，正好赶上了这年冬天的第一场大雪，活动室里却是热气腾腾。"老头子，过来看，这就是我的作品！""妞妞，看爷爷画的竹子咋样，信号不好啊，你挪挪位置，这回能看清吗？"老人们有的拉着亲人来观展拍照，有的通过手机向家人视频"转播"自己的作品。

书法和绘画艺术不但有着鲜明的艺术性和实用性，还蕴藏着丰富的德育因素。为了丰富青少年课外活动，传承推广传统文化，社区组织放假的孩子们也加入了书画社。一老一小，以老带小，越来越多的人正通过书画艺术弘扬传统文化，厚植家国情怀。

在征集家风家训活动时，社区也动员学员积极参与，把自家的或欣赏的家风家训书写成书法作品，并专门举办了小型展览，让居民在欣赏书法艺术的同时受到良好的教育和启迪。个人在家风中找寻情感归属，家庭通过家训增进幸福和睦，每一次对家风家训的精心书写，最终都成为社区治理春风化雨的力量。

一棵树代替一座工厂，伫立在风雨和传奇里，也让人慨叹：人间晚晴的风景，不是枯萎萧瑟的落叶，而是"莫道桑榆晚，为霞尚满天"的美好心境。

提及文化建设，人们往往会想到耳熟能详的艺术名家和流传广泛的精品佳作，可是在社区层面，居民更希望拥有属于自己的舞台，更喜欢能够参与其中的文化活动，进而增强对文化的归属感和认同感。

"谁在用琵琶弹奏一曲东风破，岁月在墙上剥落看见小时候……"这边厢一首高仿的中国风飘然而至，"站立在营门三军叫，大小儿郎听根苗，头通鼓战饭造，二通鼓紧战袍，三通鼓刀出鞘，四通鼓把锋交……"那边厢一曲京戏唱腔声嘶力竭,还有喜庆欢快的锣鼓声、如泣如诉的二胡声、高亢明亮的唢呐声,声声入耳;整齐划一的健身舞、纯朴火爆的秧歌舞、唯美专业的交谊舞,舞舞动人。

这是大型文艺晚会的现场?不,这是民馨社区的广场。对于这些文艺积极分子来说,真是广场有多大,舞台就有多大;对于那些文艺爱好者来说,可在这里零距离接触多种艺术形式,各取所需。好处自不用提,弊端也显而易见,这样"你未唱罢我就登场"的景象,如果用一个字来概括就是"闹",如果用两个字来形容,就是东北的一道名菜"乱炖"。

广场周边已经放不下一把安静的座椅,那些带着音箱唱歌的,有时还会引吭高歌到半夜,附近的居民无法正常休息,对这种"狂轰乱炸"式的表演不堪其扰。不仅如此,各支队伍隔三岔五为了抢占场地,也往往会由"文争"演变为"武斗"。

有人打过110,有人拨打过12345,也有人打过环保部门电话,可无论采用何种方式,投诉的、举报的、怒骂的……最终问题还是难以避免地汇集到了社区。

广场上发生的这一幕幕,看似活动场地之争,其实也是社区在为居民提供多样化文化需求方面存在缺项,表面是"文艺圈"的事情,其实还是因为活动场地捉襟见肘。

这两天,民馨社区主任柳庆一直楼上楼下不停转悠,问她干啥也不吱声，大家都觉得奇怪，这是在憋什么大招呢，保不齐又要让我们来一次大清扫？可是上一次空前未必绝后的大清扫才搞过不久，而且整座楼处处窗明几净，也没见脏乱差啊。

不出大家所料，大招还真有，不过不是让大家搞清扫。"我们开大型会议的次数不多，会议室利用率不高，没有会议的时候可以利用起来，再格外腾出两个房间，用于居民开展文化活动。"对柳庆的建议，同事们掌声表示通过，毕竟广场的"乱象"每个人都看在眼里闹在心上。

第二天晚上，广场文艺活动依然高潮迭起，柳庆将独唱独奏人员和几位负责广场文娱活动的社区文艺"大咖"召集在一起，召开了一次现场会。"你们天天一起搅和，不就是大杂烩嘛，既没体现出美感，也不讲公共秩序。本来跳的是交谊舞，如果精神一溜号，顺着秧歌调跑偏了，容易把舞伴的脚踩伤。还有唱歌跑调的，强行向别人的耳朵里灌输，各种音符混声一片，已经形成噪声扰民了。""而且这个广场用于休闲的功能也被废掉了，还有很多不喜欢唱歌跳舞的，人家只想享受安宁，体会一下岁月静好。"宁寰宇补充发言。

"丰富文化娱乐生活是好事，也是大家的权利，社区一直都很支持，可广场既然是公共场所，就不能让部分人占山为王，影响到他人的休闲权利。"

"好，这里不能唱，那你告诉我哪里能唱？""我们也不想都聚在这里乱哄哄的，可到别的地方离居民区更近。""一直在外面跳还真不是长久之计，过些天天气一热，跳几下就汗流浃背了。"

"好了，社区正准备开放几个房间用于你们日常开展活动，但前提是不能影响正常办公。"宁寰宇代表社区给大家吃了一颗定心丸。

"当然，还有不适合在室内的活动，也不能像往常一样没有约束，音响分贝过高的，必须调低音量，还要错开时间，尽量减少同场竞技，如果一定要同场，由社区来协助划定边界，活动时应当相互尊重对方的'领土'完整。"

"我们正在抓紧排练节目，过几天要参加区里的比赛，如果获奖了可是社区的荣耀，而且以后社区有活动，我们也好有拿得出手、上得了台面的节目，只是不知道什么时候可以进场呢？""不会是先一竿子把我们支走，接下来就是遥遥无期漫长地等待吧？"这几位社区的文艺"大咖"交头接耳，将信将疑，小声嘀咕着。

柳庆通过表情，便觉察出这些人的担心。"大家都少安毋躁，你们急我们也急，如果非要给一个期限，既然你们愿意唱歌跳舞，那我就用几首歌名来回答你们，不是被风吹过的夏天，不是晚秋，也不是大约在冬季，而是在此刻。"

啥？大家觉得难以置信，原来以为都是自发的活动，有困难自己克服，有矛盾自行解决，没有条件自己创造条件，没想到社区从未"抛弃"他们。

再也不用成天想方设法寻求帮助了，大家一个个抢着握住柳庆的手，兴奋之情溢于言表，文艺人士的情感表达还是很丰富的。

自此，广场上歌舞升平一片祥和，大家再也不用把精力用在争夺场地上了，活动热情更加高涨，不同队伍之间还相互欣赏观摩。舞蹈队比赛也获了奖，成为社区又一个文化建设的品牌。

除了开展活动以外，社区还让那些文艺"大咖"，对有兴趣的居民开展培训，既丰富了居民的文化生活，也为文化队伍建设壮大了后备力量。

从琴棋书画到中国功夫，居民在耳濡目染中淬炼出崇礼儒雅的精神气质；从国学讲堂到教育基地，孩子在潜移默化中塑造了润德励志的文化品格。

暑假即将结束，家里那些大大小小的"神兽"终于要"归笼"了。忙完小学堂的最后一课，社区工作人员总算松了口气。早上打扫完卫生后，大家便开始了新一天的工作。

"请问领导在吗？"一个响亮的声音从门外传来，抬头一看，只见一位居民手里拎着一面红彤彤的锦旗，走进了大厅。

"小兰爸爸，你怎么过来了，这是给我们的锦旗吗？"苏颖掩饰不住兴奋，有一点明知故问。"是呀，太感谢社区了，这个假期兰兰在小学堂里过得特别开心，我和她妈妈打工没时间看管，幸亏有你们带着她学习。"

左玲玲从楼上下来，正好听到这句话："小兰爸爸，孩子特别懂事，还能当咱们小学堂的小助教呢。能帮你们排忧解难，都是社区应该做的。""兰兰回家还会给我倒洗脚水，说是小学堂传统文化课里讲的，要孝顺父母，感动得我这个大老爷们儿，都要掉眼泪了，这面锦旗是我们全家的一个心意。"左玲玲接过锦旗，连忙喊来同事，一起开开心心合影留念。

说到小学堂，这可是东山社区自创的一个文化建设品牌。东山社区位于先进街道最北部，辖区内居住的大多是外地务工人员，流动性大，给基层治理带来很多困难。都说文化是锦上添花的财富，也是能凝聚人心的工程，左玲玲和社区工作人员就想着在文化建设方面，琢磨点事情来做。

有一次在街道开会之前，各个社区的负责人在闲聊着，由于马上就面临假期，大家的话题不觉间就统一起来，先聊起自家的孩子，由自家孩子又聊到各自辖区的孩子，怎么才能让他们度过一个有意义的假期呢？

"寒假时，我们开展了'品读经典、浸润心灵'青少年读书教育活动，社区工作人员担当辅导员，指导孩子们阅读图书室里的少儿图书，交流读书心得，共同分享读书乐趣。暑假我们准备把这个班继续办下去。"渤海社区主任张团一说。

"我们的'小蜜蜂'志愿服务，也要继续开展心理辅导、沙盘游戏、专题讲座等活动，提升未成年人生活满意度、家庭幸福感、社会归属感，引导他们从手机和网络中走出来，度过安全、健康、愉快的假期。"民馨社区主任柳庆说。

"今年暑假，我们计划开办一个'诵国学经典，造书香社区'的亲子国学班，以传统文化为切入点，开展国学经典诵读，弘扬传统文化。"响泉社区主任唐晓琛说。

以往，各个社区之间就有学习交流取长补短的习惯，大家一直彼此借鉴，一直互相超越，这一次也如同往常，毕竟大家好才是真的好。

在进行社情民意网格调查的时候，每个社区工作人员的民情日记上都记录着不少年轻人的苦恼，主要体现在孩子接送和课后辅导问题，送去专业的托管班需要交费，自己提前下班接孩子还要扣工资。

"我觉得兄弟社区的做法都很好，关注一老一少这两个特殊群体尤其重要，咱可不可以借鉴一下，办个小学堂，以解决家长的后顾之忧，还能让孩子在参与中感受到传统文化的魅力与价值。"赵晨抛出自己的想法。"好是好，但具体能干点啥呢？既然要干就不能与别人完全雷同。"毕育焕说。

"进行国学教育""提升孩子和家长的文化素养""指导放学后无人看管的孩子写作业"……还没等左玲玲接话，大家就把小学堂的内容安排得满满当当。

最开始面临的问题就是师资，为了给孩子提供专业的文化知识，社区与辖区内的培训机构联系，新宇文化艺术培训学校和凡心启蒙幼儿园承接了任务，还根据孩子的年龄段和兴趣爱好，定制了个性化课程方案。

社区又通过网格群，把开办小学堂的消息发布出去。有的居民打来电话："你们是不是就是做做样子走走秀就完事了，可别糊弄孩子。"许多家长处于观望状态，所以小学堂刚开班时只有七八个孩子报名。

既然孩子对传统文化感兴趣，那么小学堂的第一堂课，就放在了雨水节气开讲。这节课一点都不枯燥，孩子们听得津津有味，还认真做了笔记。

此后每一次的节气美育课，策划团队都群策群力，让孩子们在了解二十四节气知识的同时，也能亲身参与到每个节气的风俗当中，寓教于乐，让知识"活"起来。

随着慕名而来的孩子越来越多，社区精心设计了"朝有趣"系列课程，主要讲述历朝历代的特色产物。穿越秦朝课堂探秘兵马俑，西汉课堂拓印瓦当，东汉课堂体验传统造纸术……孩子们还学会了与不同朝代相关的手工制作，近距离感受"摸得着的历史"，在幼小的心灵里埋下了优秀传统文化的种子。

还有"话民俗"系列课程，以多种形式展现各种传统民俗，让孩子们了解民俗、感受民俗、热爱民俗。"爱自己"课程以教会孩子们了解自己、爱护自己、保护自己为切入点，联合派出所及教育培训机构，通过课件观摩、实战演练等方式，树立热爱人生、热爱生活的信心和勇气。"遇见一夏"是暑期打造的特别活动，通过研学实践、亲近自然，让孩子们更加畅快淋漓地享受假期，放松精神，为新学期积蓄力量。

怀疑的解除了怀疑，观望的不再观望，家长们已经预定了小学堂。"等寒假开班时，我先预留一个位置，一定风雨不误，最先把孩子送进小学堂……"

做好非物质文化遗产的传承，需要更多根植文化沃土的辛勤耕耘者、描绘时代画卷的执着坚守者。在吸收借鉴传统文化艺术方面，社区无疑具有得天独厚的优势和近水楼台的条件。

松苑社区刁雪莹的家中有一个传家宝。这个"宝物"

就是一台老式座钟，当年作为嫁妆随着奶奶来到婆家，斗转星移，老座钟陪伴了她一家四代人。小时候，每天晚上睡觉前，刁雪莹都要打开钟罩，为老座钟上好发条。奶奶经常对她说："上了弦的钟，时间才不会停下来。"当时，幼小的刁雪莹还不太明白其中的道理，只是特别渴望自己能够快快地长大。

后来参加工作，她逐渐明白，不知道多少次，奔波在岗位上，都会有种被上了发条的感觉。嘀嘀嗒嗒的老座钟，也一直伴随着她，度过一个又一个的春去冬来。

家里的这个传家宝让刁雪莹产生了深深的"恋旧"情结，而且由喜欢上那些具有纪念意义的老物件，又逐渐开始喜欢上家乡悠久的传统文化。

自汉代设立沓氏县以来，金州一直是辽南地区政治、经济和文化中心，中原文化、海洋文化、游牧文化、宗教文化等在此融合交汇，孕育了多种多样的民间艺术形式。

李商隐诗云："镂金作胜传荆俗，剪彩为人起晋风。"剪纸是民间广为流传的艺术形式，一张彩纸，一把剪刀，就可以活灵活现地表现万物形态。

非物质文化遗产金州剪纸，绵延流传已有六百多年，历经数代人的不断传承，满族特色和山东风格的剪纸艺术逐渐融合，形成了独特的金州剪纸艺术。因为金州剪纸具有鲜明的艺术特色和生活情趣，加之融入现代的简约、抽象手法和内容,参与习练者越来越多。

松苑社区外来务工人员较多,如何提高外来人口的归属感,丰富居民的休闲生活,是社区一直反复思考的问题。自"非遗进社区,文化永传承"活动开展以来,社区成立了"非遗三坊"金色文化志愿服务队,"非遗三坊"分别为非遗手工坊、非遗乐坊和非遗画坊。居民通过系列活动,能够充分感受非遗文化的传统魅力和艺术价值。因为一道参加活动,大家由不相往来的陌生人变成了共同学习的"同学",还拉近了邻里关系。

巧手扎锦绣,靛蓝染春秋;千针复万线,百花绽心头。一个偶然的机会,志愿者伊沛燃老师走进社区,带来了传统手工扎染技艺,让居民近距离接触和体验。"看我扎染的手绢漂亮吧,我孙女一定很喜欢。"平时就愿意做手工的张阿姨非常兴奋。

"没想到大家学习扎染的热情这么高,我们的手工坊里还有剪纸艺术家,我觉得搞个剪纸辅导,参与的人肯定会更多。"晚上,刁雪莹一边收看央视《非遗里的中国》,一边对正在洗碗的老公说。"你们社区就没有更重要的正经事,还有闲情逸致玩剪纸?""你这位同志要这么说,就是思想有问题了,我不得不开导开导你,开展文化活动本来就是我们的重要工作,你过来看看电视里怎么说的,社区也是非遗传承的重要平台。"刁雪莹把老公拖到电视机前:"等剪纸班开班了，我第一个把你名字报上。"

既然看准的事，就不要拖泥带水，第二天，刁雪莹把自己的想法对文体专干李琳说了，让她抓紧联系老师，发动居民踊跃报名。

"四时花竞巧，九子粽争新。"端午节留给人们的不仅是悠久的文化，更是璀璨的民俗。每年端午节，人们便以赛龙舟、吃粽子、挂菖蒲等方式纪念这个节日。而今，普及剪纸艺术又成为松苑社区端午节系列活动的重要内容之一。

吉祥图案、十二生肖、京剧脸谱……新时代文明实践站里，"手工坊剪纸培训"开班了，随着纸屑的飘落，一幅幅漂亮的剪纸作品完成了……文化服务志愿者张丽娟老师专心致志，在刀锋的移动起落之间，带领大家享受着剪纸艺术带来的乐趣。

"听说学剪纸还能锻炼大脑，预防提前衰老。""都说心灵手巧，学剪纸可以锻炼动手能力呢！"上个月才退休的陈阿姨和社区的华芳一边学习，一边探讨交流。

"我来迟了。"熟悉的台词远远传了过来，紧接着是人物闪亮登场，不似泼泼辣辣的王熙凤，而是温文尔雅的江小红，"你们谁学得好，可不能保守呀，过后得给我补补课，我请你们吃我家那位亲手包的海菜包子。"因为要完成即将到期的订单，在单位加班的江小红还没来得及回家吃饭，就直接来手工坊报到了。"你家的海菜包子啥馅的啊？""你可真有福气，学个剪纸还有功了，有人给你送饭送菜，我们真是羡慕嫉妒一点不恨。""一会儿，我们可以一齐喊，爱人牌包子，包得满满都是爱。"大家开着玩笑，手头的活计却一点也没耽搁。

在街道举办的艺术作品展上，一幅幅剪纸作品令人赞叹不已，刁雪莹、华芳、李林姝……一个个平时社区居民的老熟人，成了剪纸艺术的"传人"。

社区队伍人才荟萃，经常通过自编自演的文艺节目，讲好身边幸福事，传递社区好声音。从社会到家庭，昂扬奋进的区域文化在这里传播；从街巷到楼院，文脉源远的优秀家风在这里弘扬。

穿越了岁月的沧桑，我们在时光里徜徉，

清晨的小鸟歌唱着幸福和谐的乐章。

是谁，在黄昏的晚风里，陶醉着家家户户的灯火辉煌，

是谁，用晶莹的泪花把失学儿童、重病患者探望，

那就是我们，无私奉献的社区工作者！

王菲创作、社区工作人员集体参与表演的诗朗诵节目正在紧张排练。"笔杆子"郭欣怡和视频制作高手曲滢润正在"挑刺"："文字没有问题了，可是朗诵的味道还差那么

点意思。""精彩的部分还是肉眼可见的,但与电视里面的名家相比,距离还有老远了。"

"依我看,进步越来越大,到时候就看临场发挥了。"正在场下观摩的居民孙阿姨倒是不吝赞美之词。孙阿姨说自己年轻时候就喜欢文艺,但受家里条件所限,没正儿八经学过,退休后有时间和精力了,社区凡是跟文艺沾边的活动,都有她活跃的身影。这一次她主动来当一名首席观众,专职负责节目的"审查"。

就自己社区搞个晚会,还用得着这么下力气打磨,是不是有点过了。社区主任王菲可不这么看,辖区的共建单位和居民热情那么高涨,"社区人"更应该打个样,如果演不好才是转圈丢人呢。

何不搞台晚会呢?四年前,王菲刚调来鸿玮社区,就抛出了这样一个话题。没想到如同扔出一颗深水炸弹,溅起浪花一朵朵。

"社区的办公经费有限,哪还有钱办晚会?""晚会能否成功,节目很重要,谁来表演谁来唱?""会不会被外界认为我们是不务正业?"这一连串的疑问句还真的不太好回答,那就从实践中寻找答案吧。

其实,社区工作就是要深入基层,为辖区内的居民和企业提供服务,还要与共建单位加强联络。于是社区工作人员走访时,在了解企业和单位需求的基础上,增加一项内容，商量商量能否以资源共享的方式筹备一台晚会。王菲诚恳地说："我们都是相亲相爱的一家人，能不能上台表演个节目，有人捧个人场，没有人上场，安排人去坐个场，也不是不可以。"

丽质舞蹈学校、金石技工学校、星灿艺术团、小海星培训学校、阳光美麓幼儿园……一路走来一路问，有的没打哏一口就应允了，有的感觉有些难处，也不勉强，本来就是自愿的事情。

聚沙成塔，集腋成裘。第一年的晚会在半是期待半是惶恐中拉开大幕，节目都由居民和共建单位提供，在艺术性上虽然赶不上名角大家，但因为演员和观众都是"自己人"，每个节目也都有自己的"粉丝"，场面竟然十分火爆。

第二年，晚会还没开始筹备，很多单位的节目就陆续报了上来，大家都合计着将自家的节目挤进来，有的商户还主动提供了抽奖环节的小礼品。在遴选节目时，社区还真是费了一些心思。一台在家门口、自己人演自己人看的晚会，成了"社区+居民+共建单位"联合打造的文化品牌。

仅有晚会是不够的，社区还联合辖区社会组织"鸿文"传统文化志愿服务队，在端午节、中秋节、春节等传统节日，打造"跟着社区探索传统文化"系列活动，有展示中国茶文化的"颐养心性、馨香传承"，有非遗传承的"香韵端午、合香之约""传统文化剪纸课堂""由染而生、布里生花扎染"

等,光听这些名字,就够丰富多彩了。

鸿玮社区曾经开办了一个"小剧场",不过这个"小剧场"并不存在于现实空间,而是社区公众号里设立的一个栏目。社区工作人员将环境整治、垃圾分类、预防电诈等,编排成情景短剧,再拍摄成小视频,发布在"小剧场"里,让人在忍俊不禁间得到启迪,在捧腹大笑中受到教育。因为这种宣传形式深受居民喜爱,编导王菲,演员王晓黎、李晓文、王冲等"社区人",都成为"小剧场"里家喻户晓的"明星"。还有王诗云、李美萱、史金明等一批新生代演技派后起之秀。

忙碌并没有限制大家的想象力,在"信用记录关爱日"期间,他们精心制作了短剧《王长刘短话征信》,反映个人在买房和购车中遇到的征信问题。"哎妈呀,看完短剧我妥妥地墙都不服就服你们,每个人都像戏精附体。"王晓黎的同学给她发来信息说。

春光明媚的阳春四月,社区组织了一次徒步大会,自和院小广场出发,经彩虹桥、唐王殿、莺歌岭,过八里庄,沿途杏花遍野,繁枝婆娑。"沾衣欲湿杏花雨,吹面不寒杨柳风",不知谁触景生情,起头背出一句古诗。"萋萋麦陇杏花风,好是行春野望中""一段好春藏不住,粉墙斜露杏花梢""小楼一夜听春雨,深巷明朝卖杏花"……描写杏花的诗句纷纷脱口而出,徒步大会变成了诗词大会。"我上春山约你来见,我攒了一年万千思念,今天原是平常一天,因为遇见你而不平凡""我们的故事,说着那春天,在春天的好时光,留在我们心里"……诗词大会又变成演唱会。

景是美景,情是真情,此情此景,王菲却无心欣赏,她正在构思晚会的节目,想着如何能赋诗一首。

前几天午休时有人提议:"今年晚会咱们能不能自己也排个节目,当作送给居民的礼物。""这个主意甚好,演啥节目呢,大家来议一议。"王菲笑着问大家。郭欣怡迅速举起了手:"我有个想法,在整理之前视频资料时,社区主任们朗诵过一首诗《我可以承受所有的谩骂与责难》,简直太精彩了,要不咱也整个诗朗诵?""这个主意好,那次表演把观众感动得泪眼蒙眬,我都用了一包面巾纸。"老社区工作者王晓黎说。

"行,就整诗朗诵,不过今年咱不主打煽情,谁也不许哭,要让居民和咱们一起乐和乐和。"

……

晚会上,社区的王万亿和"隐隐于市茶空间"店主李依欣联袂主持,不知道的还以为是从哪儿请来的大腕,儿童歌曲联唱、爵士舞、乐器联奏、表演唱……形式多样的节目精彩纷呈。一曲不亚于专业歌手的男高音独唱《游山恋》,这是康居社区工作人员关成科特地赶来现场助威。这台晚会真是一场地地道道的视听盛宴。

为什么，我的心情总是澎湃激荡，

那是因为深深地握手，定格在庭院长廊，

我骄傲，我骄傲，因为我们是社区工作者！

社区工作人员集体登台亮相，压轴的一首《我们是社区工作者》，朗诵得荡气回肠。居民自发送上小扇子、小花束，还有个幼儿园的小朋友，爬上舞台递过来一根棒棒糖。

坚守

《汉书·货殖列传》记载"各安其居而乐其业，甘其食而美其服"。公共安全一头连着经济社会发展，一头连着千家万户安宁。社区工作人员踏着皓月的明丽，映着旭日的霞光，只为构筑起隔离风险隐患的"防火墙"；春日迎着晨曦去，冬天风雪夜归人，只为坚守着公共安全的"屏障"。

2021年1月25日，辽宁大连金渤海憬小区附近发生爆燃事故，3死8伤；

2021年8月27日，辽宁大连凯旋国际大厦发生火灾，1800余人被紧急疏散，未造成人员伤亡；

2021年9月10日，辽宁大连普兰店区商业大街发生爆燃事故，9死4伤；

……

这几起发生在身边的事故，就已经让人触目惊心了。安全，如果做不到"万无一失"，就可能造成"一失万无"。

飞机涡轮发动机的发明者帕布斯·海恩，经过多年实践得出结论：每起严重事故的背后必然有29次轻微事故和300起未遂先兆，以及1000起事故隐患。这就是著名的"海恩法则"，揭示了事故背后的规律。

一次次接踵而至的爆炸，一场场损失惨痛的火灾，炸出了揪心的伤亡悲剧，也炸出了迅捷浩大的"排雷"行动，全省范围的大规模排查整治就这样开始了。

国庆节假期还未来临，很多人的节前综合征就犯了，都想利用节假日安排一下许久以来"虽不能至，心向往之"的聚会或出行。

"赶紧走菜，我马上就到了。""可拉倒吧，这是你们最不靠谱的三句话之一。"还有另外两句："有空请你吃饭""没事常联系"。社区工作人员因为终日奔波苦一刻不得闲，在家人战友同学老乡聚会时常常被当成"另类"。至于出行，更是连续多年的纸上谈兵。

显然，这一次的憧憬又化作泡影，但"民以安为乐，国以安为兴"的道理大家都懂，"安全大于天"的分量大家也都掂量得清。

10月2日下午,单连富带着两个女儿在金石滩发现王国主题公园游玩,兴头正浓时,手机铃声突然急促响了起来,原来是街道的紧急会议通知,他把孩子交给爱人,自己急忙赶回单位。

随着低碳概念的推行,燃气作为清洁能源的代表,给城市生活的人们带来便利和高效,但不少家庭存在燃气使用不当问题,导致火灾爆炸等事故时有发生,使液化气罐和燃气管道成为埋在身边的"定时炸弹"。

相较于管道天然气,液化气罐的风险隐患更加严重。针对相继出现的液化气罐爆炸事故,区里紧急部署,对高层住宅、"双气源"居民和商户使用液化气罐情况进行拉网式隐患大排查、大清理、大整治,对液化气罐进行集中回收,为没有通上天然气的用户临时配备电磁炉。

一向经验丰富而且从不叫苦叫累的单连富突然没有那么自信了,还使劲皱了皱眉头。所有休假的社区工作人员第一时间回到岗位,迅速摸排清楚液化气罐使用底数,立即将液化气罐统一回收,即将推进的几项工作里,他深知最后一项难度最大。

单连富在工作群里发出通知,何玉婷、王艳莉、林建明、张雪慧……相继回应,不到一个小时,十名社区工作人员立刻全部返岗报到。

短短一天时间,通过居民网格群报告、电话询问和入户查询等方式，社区工作人员共排查居民近四千户，其中使用液化气罐的居民上百户。

工作量不是问题，用户能否配合才是关键。万籁俱寂的深夜，在空无一人的马路上，单连富一边开车回家，一边琢磨着，基础台账都统计好了，明天开始就要全面展开回收液化气罐的"攻坚战"了，不管多难都不能败下阵来，等待观望不行，消极应付更不行，必须横下一条心硬着头皮向前冲。

10月4日早上6点30分，在物业协助下，社区工作人员赶在居民离家前，争分夺秒开始了入户回收液化气罐的工作。有的居民支持配合，主动交出气罐。有的居民不理解，认为社区小题大做，没有气罐生活太不方便，拒绝交罐。

"这个气罐用了多少年，也没见出啥事，咋说不让用就不让用了？""怎么就那么点背，起火爆炸能让我遇上，如果真遇上了就按倒霉处理吧。"当事人思想不通，理由各异，只能费尽口舌做工作，或者想办法联系亲友帮助劝导。

10月7日傍晚，距离截止日期还剩两天时间，社区的李成功在电话里向单连富汇报，左岸阳光3号楼的一户居民，不但沟通不了，而且说多了，眼瞅那火气都能把气罐点着。

单连富放下吃了一半的盒饭，赶往左岸阳光小区。一位六十多岁的阿姨打开门："你们怎么又来了，我的液化气罐是自己花钱买的,怎么可能给你们！"说完就要把门关上。单连富急忙用手挡住门说："你看我们放弃休息来回收气罐，也是为了小区和每家每户的安全着想，希望你能支持配合我们的工作。""你们休不休息，我也不交。"居民听完这番动之以情晓之以理的话，依然不领情不搭理，一把推开单连富，把门狠狠关上。

单连富并没有气馁，他再次敲门。这次门又开了，阿姨身后还跟着她的丈夫，两口子情绪激动地嚷着："如果再来敲门，我们就把罐里的气都放了，后果你们要负责！"说完，再一次狠狠地摔上了门。

如果换个角度来看，居民有些情绪也可理解。适逢国庆佳节，家人亲友团聚，海鲜肉菜等食材都备好了，只等起锅点火，这时把液化气罐收走，来了个釜底抽薪，谁能不恼火。

但是理解也好，同情也罢，都抵不过安全第一，人命关天。没有撤退可言的"社区人"，就是要把超乎想象的压力变成超乎寻常的动力。

第二天一早，单连富先是拨通了这户居民的电话，告诉他们社区马上去家里收罐，不能因为一家一户影响了工作进度，如果再不配合，就是妨碍公共安全了。

这次敲开门，家里还有老两口的女儿和女婿。看到来了这么多人，女婿了解事情经过后，就过去劝说老两口，液化气罐确实有安全隐患，今天先把气罐交了，一会儿全家人就去逛街，买个电磁炉回来，也不影响炒菜做饭。女儿还告诉老两口："你们平安健康才是子女最大的心愿。"

老两口终于同意交罐了，单连富当时表态，社区会给交罐的居民免费提供电磁炉，货到了肯定第一个就给他家送来。

回来的路上，李成功对单连富说："听说渤海社区金纺馨公寓有户居民，家中放着一个气罐，老两口在北京帮女儿带孩子，没空回来，经过电话沟通，人家主动把家里钥匙用快递邮寄给社区。"

"每个社区数千户居民，对收罐这件事的认识肯定参差不齐，前天咱们不是也有位老大爷，自己用三轮车把气罐推到回收点吗？家家都有难唱曲，不信你再去了解了解，其他社区的难度一点都不会比我们小。"

那个假期，每个"社区人"都付出汗水湿透衣背的辛苦，磨破嘴皮子的劝说，脚打后脑勺的奔波。

为保一方平安，"社区人"常想起西西弗斯，每日要推一块沉重的石头上山，看它滚落下去，再把它推上山，再看它滚落，循环往复。为保一方平安，"社区人"一个个都成为"磨头"，因为他们认为，只要感情深，铁棒可以磨成针。

俪城社区就位于辽南第一山——大黑山脚下，社区工作人员怀揣远行的憧憬,一直遥遥无期难以兑现,可这近在咫尺的风景区竟然也变得遥不可及,有的人一年到头都无暇登临,在他们眼里,辖区的街巷楼栋,才是真正属于他们的风景。

维护公共安全,最重要的当然还是要消除安全隐患,安全隐患往往"隐"于全时空、"患"在各环节。不因事烦而畏难,不因事小而不为,只有时刻树牢"隐患就是事故"的理念,才能及时发现、精准拆除威胁安全的每一颗"定时炸弹"。

"这是亲妈干的事吗?我好饿啊!看来今天又只有一顿饭了,我要找我的亲妈。"

逯相辉读六年级的女儿发出一段音频,像是埋怨,又像是惦念,像是说给妈妈,又像是说给所有人。

逯相辉从老家回来,一直忙于处理辖区一起突发的液化气罐爆炸事故,已经连续五天没给女儿做饭,没有接送女儿去特长班,甚至没能说上一句贴心话。每天深夜回家,女儿早已进入梦乡。

熟悉逯相辉的人都知道,将女儿连续多天扔在家里不管不顾,完全不是她的风格,平时若有空闲,她喜欢陪伴女儿做游戏,为她辅导功课,母女俩感情处得像一对亲密无间的好闺蜜。女儿也很优秀,学习不用操心,文笔也出类拔萃,还经常来到妈妈所在的社区,前前后后帮着忙这忙那。

逯相辉的老家在辽宁朝阳,因为工作忙碌,平时难得回去一趟。这年"五一"小长假,逯相辉和丈夫、女儿一起,驱车五百多千米回到老家。没想到,刚回家的第二天,桃园小区的一户居民家中液化气罐发生爆炸,她又马不停蹄和家人一起从老家返回。

爱好写作的女儿将妈妈的辛苦都记录下来,逯相辉看得很是心酸。"姥姥姥爷都已七十多岁,姥姥还做了两次心脏支架,妈妈非常牵挂。好不容易等到全家团圆,可是社区一有事,妈妈便心急如焚,带着我和爸爸连夜赶回……"

从老家回来,逯相辉顾不上旅途疲惫,就急三火四来到事故现场。原来是居住在三楼的老两口做饭时忘记关闭液化气罐,导致了这次爆炸。整栋楼房的玻璃全部震碎,楼下停放的车上落满玻璃碴子,房子部分受损,现场一片狼藉,万幸的是没有造成人员伤亡。

这栋楼原来是一处办公用房,后来改造成公寓,住户密集,房屋结构复杂。逯相辉协助有关部门做好现场调查,查找事故原因,又带领社区工作人员挨家挨户帮助清点损失,联系保险公司协商理赔,安抚家中受损的居民,与三楼老两口的儿女商谈赔偿事宜。

在日常接触中，大家对逯相辉的为人处世都很认可，在这起事故处理过程中，她也完全站在一手托两家的公正角度，所以不管是引发事故的老两口一方，还是大多数受损居民，都对逯相辉给予了很大的信任。

"也不是不相信社区，但我这房子刚装修没过半年，现在门都裂缝了，壁柜也散架了，赔少了肯定说不过去。"楼上一户受损严重的居民，倚着已经倾斜的门框，情绪有些激动。

正在打扫楼道的逯相辉擦着脸上不断滚落的汗珠，对他说："发生这样的事情大家都不愿看到，老两口因为受到惊吓也住进医院，我们会联系第三方专业机构来定个损。为了安全起见，维修期间，社区帮助你们全家人到外面找个房子先住下。剩下的事情交给我们，你就把心放在肚子里吧！"

见逯相辉态度诚恳不偏不向，各种安排也都妥妥帖帖，这位居民便不再揪着赔偿金额多少不放，正好社区很多人都在，大家七手八脚，帮助他将家中的物品，该归拢的归拢，该搬出的搬出。

越是信任，越不能辜负。逯相辉必须做到每个细节都考虑周全，并且不留后患，没有瑕疵，在她和社区工作人员的努力下，很好地完成了事故的善后处理。

道路千万条,安全第一条。也许在守护公共安全的路上,这只是其中的一小段路程,但这起虽未造成更大损失的爆炸,却已经为居民的生命财产安全敲响了警钟。

为减少因操作失误而引起的安全事故,社区现场教学,开展燃气安全使用宣传教育,进行燃气安全知识普及。

居民在使用燃气时,要开启油烟机或打开厨房门窗,应人走火灭,防止汤水溢出……这些原本都是日常生活应该掌握的常识,因为有了身边的爆炸事故,而显得愈加重要。一次次走门串户,一遍遍反复唠叨,"社区人"都自嘲成了"祥林嫂"。

紧接着,逯相辉又刻不容缓,针对人员密集场所消防管理不规范、疏散救援通道不畅通、违章使用燃气用具等问题,组织了一次安全隐患大排查。

有人反映一户居民租住的仓房里有一个装满液化气的气罐,按规定需要清理,因为人在外地,逯相辉多次电话联系协商,该居民才同意派出所和技术人员上门开锁,将气罐清出屋内。

有家餐馆门口放置了一个液化气罐,老板说这是空罐,根本没当回事。逯相辉连忙告诉他,空罐里面也有剩余燃气,太阳直射会使罐内温度持续上升,容易发生爆炸。随后,逯相辉帮助老板,将气罐转移了存放地点。

消除安全隐患,还需要"查得出"的火眼金睛。一次,入户安检一上午的逯相辉已非常疲惫，可还是被眼前的情景惊出一身冷汗。在一栋老楼，她看到有家住户厨房的燃气管道上面拉着几根绳子，悬挂着晾晒的衣服和杂物，这样很容易造成管线弯曲变形，从而引发燃气泄漏。逯相辉将从专业人员那里学到的知识告诉了用户，还协助用户将燃气管道上的绳子逐一拆除，又细心叮嘱："生活中这些司空见惯的细节最容易酿成大祸，千万不能忽视或者当作儿戏。"

一家三口互相依偎的合影就放在逯相辉办公桌的玻璃板下面，女儿优秀懂事，丈夫理解支持，她何尝不想与家人其乐融融度过难得的假期。可一旦有了紧急任务，别奢望度假，就连细细看上一眼照片的时间都没有，甚至连续多天，她都不能回到办公室，坐下来喝杯热水。

都说家是温馨的港湾，逯相辉工作的社区，距离自家居住的小区并不远，可往往一忙碌起来，她甚至无暇回家望上一眼。每当这个时候，对于她来说，仿佛世界上最遥远的距离，就是家和社区之间的距离。同时她又很清楚，尽管离家远了，但是离百姓却更近了。

无数个窗口灯光闪烁，每个窗口都会有一家人，或围在飘香的饭桌前，或在客厅里谈笑风生……想到这样的景象，逯相辉的心里都会漾起一种温馨，这就是平安幸福的日常生活图景，这就是自己坚定的努力担当。

147

防火最重要的是防患于未然,防汛最重要的是未雨绸缪。每一年,防火期和防汛期完全是无缝对接,用"社区人"的话就是一直处在"水深火热"之中,却依然有枕戈待旦的不懈坚守,有闻令而动的挺身而出。

中秋节前夕,松苑社区的大厅来了六位居民代表,有的拎着水果,有的端来自家做的五仁月饼,楼长张阿姨还带来一封手写的表扬信,并且激动地说:"我们受杏林小区居民所托,今天特地来社区表达谢意。这两年来,社区为了修复挡土墙操心出力,我们的心里都是暖呼呼的。"

事情要回溯到2018年8月20日。

上午8点30分左右,松苑社区的应急值班电话响了起来,整个晚上不间断在外面巡查的曲鹏,刚刚坐下还未来得及喘息,就急忙抓起电话,果然出事了。

松苑社区位于大黑山东麓,每年雨季来临,社区都会提醒居民,做好山洪、泥石流等自然灾害预防,还要备好草袋、沙子等防汛物资。

刚才的电话是杏林小区居民打来的,从8月19日晚上开始,台风"热比亚"带来的强降雨不间断下了一整夜,到了凌晨雨势加大,山顶的洪水倾泻而下,对小区北侧的挡土墙造成冲击,并最终冲毁了墙体。

曲鹏一边迅速向上级应急值班室报告情况,一边带领社区工作人员往现场跑,仅用三分钟就赶到了现场。

"我正在吃早饭，只听'轰隆'一声，挡土墙突然坍塌大半，一道四五米长的口子被雨水彻底冲开，不一会儿，四十多米的挡土墙全部被冲毁，土黄色的泥水沙石灌进了小区。"经历了整个过程的楼长心有余悸地介绍着当时现场的情况。

挡土墙下方是小区的停车位，因为正赶上早晨上班时间，部分居民把车开走了，但还是有十辆车被山洪冲下的石头和墙体坍塌的砖块埋住，其中一辆厢式货车被冲到单元楼的门前。砖石土块距离居民楼不到两米，好在楼体没有受到损伤，也没有造成人员伤亡。

上午8点40分，社区第一时间启动应急预案，所有工作人员立即各就各位。台风依然强劲，须妥善处置事故现场，防止发生次生灾害。

上午8点50分，社区在挡土墙周围拉起警戒线，安排专人在事故现场观察后期情况，又准备好安置场所，逐户告知3个单元19个楼层约100户居民，随时做好转移准备，尤其要照顾好家里的老人孩子。

上午9点，社区配合抢险人员，在挡土墙上方挖掘排洪沟，缓解山上洪水继续冲击的压力。

上午9点20分，社区第一时间联系电力、燃气、水利部门到现场查看，排除各类安全隐患。

上午9点40分，社区迅速建立被压砸车辆业主微信群，安抚情绪激动的居民，并统计车辆基本信息、受损程度、参加保险等情况。

上午 10 点，电力部门到达现场，清理石堆上方电线，发现挡土墙右侧和顺人家小区院内，高压电塔底座出现裂痕，社区立即联系物业，将存在安全隐患的 26 号楼西墙周边进行封闭，防止人员出入。

上午 10 点 40 分，高压电线管理部门到达现场，施工人员排除安全隐患。

这起事故在当日的中央电视台新闻频道滚动播出，现场画面牵动着许多人的心，居民除了关注灾情造成的后果，还应看到，狂风暴雨之中，社区工作人员因处置险情，连续三十多个小时没有睡觉。从现场回到社区，疲惫至极的他们连雨衣都未来得及脱下，坐在椅子上就睡着了。

与当时迅雷不及掩耳的处置速度相比，后续跟进善后的步伐几乎就算是"停滞"了。

灾情现场基本上还是"涛声"依旧，有四辆车仍压在墙下，石块泥沙堆积在旁，被洪水冲击倒伏的树木也横七竖八地躺在地上，现场围着护栏以及黄色警戒线，警戒线上还挂着"此处危险、禁止靠近"的标语。

为何现场迟迟没有清理？有人拍了视频，发到了网上，质疑社区不作为。实际上社区工作人员促谈劝和的工作可没少做，奈何"临门一脚"难度实在太大。

当初被压的车辆，有六辆参加了保险，得到保险理赔后，车主也都将车辆拖离了现场。包括厢式货车在内的另外四辆车没有参加保险，需要收取停车费的物业进行赔偿，但是车主与物业在具体金额上没有达成一致，并且物业与开发商之间也存在纠纷。

就这样，车主与物业、开发商展开了旷日持久的谈判，最终起诉到法院。车主为了保全现场，坚决不拖车，导致倒塌的墙体一直无法清理，修复工程也迟迟不能动工。

"最害怕下雨天了，山水顺势往下淌，到了晚上都不敢睡觉。"汛期又至，不少居民反映。社区更是担心，当初的紧急状况还记忆犹新，现在想想都后怕，再也不能让这样的事故在杏林小区"重演"了。

"不能再拖延下去，必须找到一个突破口，不然隐患始终存在，下雨时居民就永无宁日。"松苑社区新任主任刁雪莹给自己立下了"军令状"。

刁雪莹曾经是一名军人，退役后来到社区。曾经的军旅生涯练就了她雷厉风行的作风。她详细地研究了各类档案资料，向社区原先参与抢险的曲鹏和前任主任单连富了解了来龙去脉，又一起探讨了各种处置方案。

解铃还须系铃人，刁雪莹找来当事三方，向他们阐明利害关系，说这不仅仅是他们之间普通的民事纠纷，更是事关小区居民安全度汛的大事，不能无限期拖延下去。"你们别总是相互推诿，必须按照法律程序加快推进。"

那位厢式货车车主家庭困难，社区帮助他协调律师，并垫付起诉费，最后车主终于获得相应的赔偿。

刁雪莹又与城建部门沟通，尽快将挡土墙进行了修复。当一堵结实美观的围墙出现在眼前，居民终于松了一口气。

居民又能在小区里散步了，小朋友也可以放心地奔跑玩耍了。住在19号楼的陈女士高兴地说："我们天天盼，围墙终于重新砌起来了，大家出入也更安全了。"

鸿玮澜山小区后方的山体、康居社区北舍小区低洼处的民房、桃园小区楼宇间的挡土墙……整个汛期，哪里有隐患，哪里就有"社区人"昼夜不息的巡逻查看；哪里有险情，哪里就有"社区人"冲锋陷阵的身影。

岭秀逸城小区原是一处烂尾楼，停工多年后才重新施工交付使用，房屋不时出现质量问题，特别是经常出现漏雨现象，每到雨季，部分住宅外面下大雨，家里下小雨，给许多住户带来困扰，社区也遭到大量的投诉。

"房子都漏成这样，你们为什么不能抓紧时间协调解决？"这是业主的指责；"维修程序很麻烦，我们也需要请示。"这是物业的敷衍；"你们怎么连这点小事都处理不明白？"这是城建部门的埋怨。

乍一听都可理解，可谁又理解社区；乍一听都是事实，可谁又跟社区摆事实；乍一听都有道理，可谁又跟社区讲道理。"社区人"只能把所有问题都自己扛，所有委屈都咽进肚子。谁家漏雨能不闹心呢？一面要面对指责，一面还要继续联系房屋维修部门和物业，对有问题的房子进行防水处理。经过连续几年的维修，岭秀逸城小区房子漏雨的问题终于基本得到解决。

像房子漏雨这样的事情，住户、物业、城建部门。可以有各种误会、各种理由，而到了社区这里，只有一个字"干"。

"梅花""利奇马""巴威"……每当有台风在东南沿海登陆，实时路径发布就会"占领"社区工作人员的手机。这支特殊的"防汛队伍"，也会风雨如磐坚守着自己的岗位。

大连是个淡水资源缺乏的城市，大家都希望雨季时能多有一些降水，又担心台风暴雨会带来灾害。许多台风只要到了与大连一海之隔的山东半岛，就不按"剧本"往下走了，经常一任性就偏离路线，拐到了别处，可是社区工作人员依然严阵以待，没有丝毫麻痹和大意。

宁可十防九空，不能万一失防。有的社区工作人员还自我打趣，说防台防汛的心情，就像待字闺中的女子与男友第一次约会，既怕他不来，又怕他乱来……

始终把居民的安危冷暖放在心上，需要长年不懈筑牢消防安全的"防火墙"，需要纾解"痛点"，打通"堵点"，补齐"断点"，让社区成为居民最放心、最安心的港湾。

农历壬寅虎年元宵节，家家户户都在吃着团圆晚饭，"呜——呜——"两辆消防车从金州五一路呼啸而过。

先进街道有七个社区位于城区主干路五一路两侧，每当有消防车经过时，无论是社区工作人员还是附近居民，都会随着尖锐的警笛声，关注消防车的去向，查看起火点的具体位置。

这一次，消防车又往东山社区驶去，位于惠民街的桂林小区3号楼一户居民阳台着火了。"又"，说明前不久，具体讲就是除夕，东山社区的一处民房外堆放的木柴也曾着火。

桂林小区3号楼四层一家住户的窗外黑烟滚滚，有人先后从楼道里跑出来，很多人在围观指点，也有人拿出手机拍摄视频。

消防车迅速到达惠民街，这是一条老旧的背街小巷，惠民街旁的民房门口堆满杂物，各种车辆横七竖八地停放着。在距离着火楼房最近的南端，消防车被卡住了，无奈只能绕了一大圈，从北端驶入，好在火势不大，发现和扑救都很及时，没有造成人员伤亡和财产损失。

网红烟花"加特林"装药量大、射速快、威力大，烟花筒里高速喷出的五彩烟火，伴随着密集的"突突"声，效果酷似加特林机枪射击，不少人觉得炫酷又过瘾，发射时场面很壮观，但这种烟花的危险性也很大，随时有可能发生火星坠落，点燃易燃物品。

经初步调查，这次起火原因就是有人未在指定区域燃放"加特林"，火星溅入阳台，引燃了堆放的杂物。

元宵节期间，原本应该是一派欢乐祥和的节日氛围，却让接连而至的两把火将东山社区工作人员的心情搞得"火烧火燎"。虽然火都被及时扑灭，没有酿成更大损失，但是庆幸之余却不能继续心存侥幸。

有人对社区主任左玲玲开玩笑说："你这个主任在新的一年明显是要'火'的节奏。"火不火不知道，反正这些天左玲玲火冒三丈倒是真的。心头的火可以强压下去，但现实生活里可是水火无情，如果真要造成生命财产损失，那可不是开玩笑的。

居家防火一直以来都是消防安全的薄弱环节，随着用火、用电、用气量的增加，火灾发生概率也在增大，稍有不慎火灾就会随之而来。

不管是先兆还是隐患，都有迹可循，而导致隐患变成事故的，往往是安全意识没跟上、隐患排查不细致、监测预警不及时、管理责任没落实。

东山社区辖区存在大量棚户区，在此租住的流动人口防火意识比较淡薄，部分人总觉得这样的火灾发生的概率并不大，即使偶然出事也不会发生在自己身上。

正月里居民还不算太忙，利用这个空当，社区邀请消防大队的教官，对居民进行了消防安全知识培训。教官通过真实的案例，并结合一段段火灾事故视频和一幅幅让人痛心的照片，讲述了火灾的严重后果，及发生火灾后的疏散逃生知识。

广场上，安全消防演练正在进行，居民用湿毛巾捂着口鼻，弯着腰，在消防员的带领下，有条不紊地从火灾现场撤离。

"了解掌握扑救初期火灾和自救逃生基本技能，不私拉乱接电线，正确使用电器设备，严禁在交通要道及消防通道上堆放物品，火种烟头不乱丢……"社区还与居民签订了防火公约。

看看兄弟社区还有哪些高招，咱们也取取经。社区例会上，左玲玲让大家分头打探。

鑫润社区在广场开展安全消防演练，包括疏散逃生、油盆灭火、灭火器等消防器材的使用。渤海社区组织网格员对沿街商铺开展以"防风险，除隐患"为主题的消防安全大检查，查看疏散指示标志是否明晰，安全出口、消防通道是否畅通，货物存放是否合理。聚鑫社区邀请安全消防员到幼儿园，为老师和孩子演练灭火器的使用方法。它山之石可以攻玉，好经验好做法都汇总上来了，该学习借鉴的也丝毫没有客气。

"我觉得有些办法还属于治标不治本，因为火灾隐患并未清除，我们社区又有自己的特点。""违建和杂物对于老旧小区来说，一直是难以根除的'顽疾'，如果不清理，早晚还是会出事。"于晓红、史明雪等人纷纷道出自己的想法。

东山社区有一批20世纪80年代建设的居民楼，原来没有供暖设施，也没有接通燃气，居民在取暖和做饭时，用的都是煤炭和木材，所以每栋楼的里里外外都堆满了杂物。后来，通暖通气工程实施后，这些陈年旧物却没有及时清理，一旦着火十分可怕，"火烧连营"可能就是分分钟的事情。

左玲玲捂着肿起的腮帮子，忍住上火引起的牙疼，肯定了大家的意见："这一次不管阻力有多大，清理工作必须推进下去，不留任何死角。"

左玲玲的爷爷奶奶都是参加过抗美援朝的老战士，父母也都曾经历过部队大熔炉的淬炼，小时候她的梦想也是成为一名英姿飒爽的女兵。虽然这个心愿没有实现，但是打小就在部队大院里长大的她，性格直爽大方，作风硬朗干练，同事们也都称她为社区里的"女战士"。

她协调了街道的执法人员，又发动志愿者，连续奋战近一周，清理上百车留存几十年的垃圾和废弃物，拆除临时违建数十处。

居民乔大爷有个习惯，喜欢将捡来的旧器物堆放在楼道里面，不仅影响通行，还存在消防安全隐患，街坊邻居意见很大。社区城管专干初娟多次上门做工作，都碰了钉子，乔大爷态度强硬，拒绝搬走旧器物。

"老人家脾气倔，咱们得讲究方式方法。"左玲玲对初娟说，她带领有着多年群众工作经验的社区调解员以及社区民警，轮番上门，打出感情、法律两张牌："都是这么多年的老邻居了，看到堆在楼道里的杂物，大伙儿都有意见。""堵塞了消防通道，万一出了事，是要负刑事责任的。"乔大爷由刚开始主打一个不听劝，到后来慢慢认识到危害性，自己悄悄把楼道清理干净了。

"骂声和哭声虽然都不好听，但宁可听骂声，不能听哭声，骂声里有怨气，需要及时化解，哭声里是痛心，损失无法弥补。"

杂物清理行动初战告捷，左玲玲又将清理重点转到超市、饭店、旅店、废品收购站等场所，看消防设施是否完好、灭火器有无过期未检现象，并对疏散通道是否通畅、用火用电是否规范、火灾防范措施是否到位等仔细检查。

左玲玲告诉大家："谁的地盘谁做主，谁家的孩子谁抱走，检查必须彻底，绝不能例行公事，浮皮潦草糊弄洋鬼子。"

打铁须趁热，而且这样的行动，原本就必须做到严丝合缝环环相扣。社区又对乱停乱放的车辆重新规划停车位，私设的停车器全部清理一空，对住宅小区的消防通道进行彻底疏通，画上了醒目的标线。

这期间，惹了多少气，挨了多少骂，受了多少委屈，大家都无法记清，只能彼此执手负重前行。

消防安全不可能一劳永逸，左玲玲和"社区人"每天还是会如坐针毡、如履薄冰，也还是会慎终如始、朝乾夕惕……

"安全"两字关系到社会稳定、经济发展、家庭幸福，不存在任何诀窍，也没有任何捷径，只有勤检查告诫、多宣传提醒，凝共识，聚合力，才能最大限度地防止事故发生。

亲爱的业主朋友们：郑重提示，严禁电动自行车进楼入户，不准在楼内为电动自行车充电……

小区张贴的《关于禁止电动自行车进入小区的通知》，不知又被哪位居民撕毁了。等到王冲再去重新张贴时，还遭到部分居民的责骂："你们干点正经事不好吗？不想办法安装充电桩，让我们去哪儿充电！""小区内没有固定停车的地方，总不能停到马路上吧！"

为何一纸告示，能引起居民如此强烈的不满，这让社区工作人员感觉又一次"背锅"。

全国各地因电动自行车密集引发的火灾、造成的伤亡令人震惊，同以往一样，每次事故过后，大规模排查隐患的行动就会迅疾展开。

电动自行车的管理涉及多个部门，当然同以往一样，每次排查行动，还是离不开社区的配合，正所谓"流水的部门，铁打的社区"。

尽管时间已来到晚上，但三伏里的桑拿天仍让人汗流浃背。王菲与同事一起按照网格区域，开始对每栋楼进行排查。

我国是电动自行车消费、生产大国，社会保有量已达四亿辆。电动自行车因其经济、便捷等特点，逐渐成为居民日常代步、短途出行的交通工具。然而，与百姓生活息息相关的电动自行车，却又屡屡牵动着人们的心弦，起火事故接二连三发生，排除电动自行车安全风险刻不容缓。

以前电动自行车数量没有这么多，引发的火灾也没有这么频繁，大家都没有意识到危险。这次排查之前，需要做一下功课，补习一下相关知识，不然没有点干货，震慑不住那些专门想跟你"对着来"的居民，遇到那些叽叽歪歪的"刺儿头"，搞不好还会造成社区工作人员的被动。

原来，据消防部门统计，电动自行车引起的火灾事故正在呈上升态势，其中 80% 是充电过程中引发的。

原来，应急部门早有规定，严禁在建筑内的共用走道、楼梯间、安全出口处等公共区域停放电动自行车，或者为电动自行车充电，严禁电动自行车"上楼入户"。

鸿玮社区管辖的小区，过去电动车也有乱停乱放情况，但只在环境整治的时候管过，还没有上升到安全的角度加以对待。

尽管也有思想准备，可是当社区工作人员来到小区内，眼前的景象还是让人感到"步步惊心"，真是不看虽然也知道，看了却吓一跳。

楼道内张贴的"电动自行车容易引起火灾，禁止电动自行车进入楼内"提示牌清晰可见，楼道内的电动自行车却赫然在目，显然提示被直接无视。

查找车主吧，挨家挨户敲门核实，结果赵家玩"空手道"，钱家"打太极"，孙家说"你们能帮助找个地方更好"，李家道"放到别处如果丢失你们得包赔"。归纳起来的中心思想就是，我就在这儿放着，爱咋咋的。

这大热天，我们放弃了休息，来为你们的安全负责，你们还这个态度。面对那些蛮不讲理、胡搅蛮缠的人，"社区人"真想送他们去千里之外。当然也就是想想而已，放眼整个社区方圆也就几里地，不用八竿子都能打到，抬抬腿就回来了，如果骑上电动车会更快，还说什么千里之外。

想归想，气归气，安全是天大的事情。不管理解不理解，每一位车主都应当严格遵守消防安全规定，确保自家的电动自行车不会成为火灾源头，如果违规停放、充电，一旦引发火灾事故，车主作为责任人，将承担法律责任。社区工作人员对车主进行了一次普法教育，好说歹说，连哄带吓唬，车子才推出了楼外。

居民的意见也不一致，家中没有车子的居民坚决反对乱停乱放乱充电，还经常到社区举报，感觉自己天天面对的就是一颗颗"不定时炸弹"。"原先一直就这么放着，而且也把电瓶拿回家充电，都没事。"一部分车主明知道有安全隐患，但还存在侥幸心理。另一部分车主反映，因为缺少车棚和充电设施，电动自行车进居民楼停放和充电实属无奈之举。

这个小区在规划时，没有留出空地，用于设置电动自行车集中停放区。在此之前处理投诉时，社区曾经拿出过方案，也找到居民代表协商，最终还是因为公共空间有限，大家分歧太大，方案也就在搁置争议中束之高阁了。

第二周，排查继续，这一次的重点是"飞线充电"。由于外面没有设置充电装置，车子又不能进楼，许多居民通过自家的门窗，私拉电线为电动自行车充电。那些从家中拉出来的电线粗细不均，有的老旧破损，有的负荷不达标，极易造成短路引发火灾。

在4号楼，几条电线悬空而下，连接的插座有的藏在空调挂机下，有的拿塑料袋包住，有的连同电动自行车一起被厚厚的遮光布罩住。

循着电线，社区工作人员敲开三单元四楼住户的家门，刚刚开口说明来意，一位正在吃饭的中年男子，将扒拉了一半的饭碗朝桌子上一摔："我就是一个送外卖的，白天为了赚点钱吭哧瘪肚，只能利用晚上回来吃顿饭的工夫给车子充点电，你们有没有点同情心？"

"知道你不容易，也不是我们没有同情心，而是火灾无情，一旦发生了，造成财产损失不说，连生命都有危险，如果连平安都没有了，你天天累死累活为的又是什么？"看到车主大汗淋漓，王菲感同身受对他说。

一番话，说得车主低下头，他也诚恳表示，会全力配合社区，但还是需要帮助解决充电难的问题。很多居民也知道社区为难，但既然主动上门，也只能请求"自家人"伸手协调了。

"堵"是权宜之计，"疏"才是根本之策。回到社区，在碰头会上，大家达成了共识。尽管都有一些挫败感，但排查还得继续，宣传还得继续，找地方停放和安装充电设备的事还得继续。

社区给街道提交了报告，住建部门也给了答复，争取尽快统一规划研究。总算有个回音，虽然八字只有一撇，但一撇也比没有强。

管好"小事",就是治理"大事",有时候社区不能总是单方面"倾听",自己无能为力的时候还要向上"诉说"。

岁月静好的生活,背后凝结着无数"社区人"默默无闻不计得失的奉献。这就是"社区人",一个个人民至上、生命至上的"社区人",一个个不畏艰险、勇于担当的"社区人",一个个使命如磐、奋楫笃行的"社区人"。

看到一位五十多岁的男子气势汹汹闯了进来,于秋风为他倒了一杯茶,这可是朋友刚从武夷山旅游为她带回的大红袍。

"再好的茶也没心思喝,我还着急上班呢。"男子说。

于秋风心里暗想,你上不上班跟我有啥关系,我也没阻你拦你,再说我这刚泡上的好茶,自己还没来得及喝上一口呢。

"你们不让养老院开门,八十三岁的老妈卧床不起,俺两口子都上班,谁能照顾上?三天内如果你们不能帮助找好地方,俺就把老人送到社区。"茶还真没喝,怎样气势汹汹进来,又怎样气势汹汹出去了。

于秋风先是一怔,但马上就明白了。

春节前夕,民政部门要求对全区的养老机构进行一次消防安全检查，发现问题必须立即整改，未通过整改坚决不许开门。

这天，于秋风和检查组来到夕阳好养老院，查看有无消防设施，检查是否具备消防通道。这家个体开办的养老院已经营多年，之前设在另外一处公建房，各种设施齐备。社区每到春节、重阳节都去走访慰问，一来二去，于秋风与院长很熟悉，有个大事小情的沟通起来都很顺畅。

因为收费相对较低，口碑也不错，附近的老人又多，原来的空间不够用，能设置的床位也有限，于是院长就把养老院搬到现在这栋居民楼的一楼。由于刚刚搬来不久，于秋风也是第一次过来。既然相互之间都熟，客套话不用多讲，于秋风把检查的重点告知了院长。

院长一改往常爽快的形象，支支吾吾起来，说她都干了多少年的养老院，清楚相关规定，也都会按照要求去做，这里就不用看了，她马上在表上签字，让于秋风一行人赶紧去别家检查。

见此情景，于秋风便知道肯定有猫腻。于秋风让工作人员拿来灭火器，虽然使用期限的标识模糊了，但是也能看出已经过期了。原来为了节省成本，养老院没有购置新的灭火器，而是把原来那几个旧的拿过来充数。

"你们的消防通道设在哪里？"一同前来检查的专业人员问道。院长无言应对，还向于秋风递眼色，希望她能帮忙说说情。原来一楼的装修是按照居民住宅设计的，如果改成养老院，就必须重新改造，设置新的消防通道。

"我这刚贷款买的房子，又重新搞了装修，暂时没有钱改造消防通道，你们能不能宽限点时间，等我过完年收费之后一定改。"

改是必需的，但在改之前，关门也是必需的，这件事丝毫没有通融的余地。

院长一听就急了，说话的音调一下子就提高了好多分贝，她骂骂咧咧地说："我们赚的都是辛苦钱，就你们成天没事专门来找麻烦。"

于秋风态度依然坚决，别的事都好说，就消防这事没商量："你的养老院开了这么多年，因为居民相信你们，才把自家老人送过来，咱们要好好照顾老人，但前提是要保证他们的安全。"

在平时例行安全检查的时候，于秋风总会把养老院、幼儿园和教育培训机构等列为重点，因为一旦发生安全事故，老人和孩子的逃生能力总是要差一些。这次出现的情况着实令人惊出一身冷汗，养老院一旦失火，这些行动不便的老人面临的危险可想而知。

"怎么，谁说要关门？要把我惹火了，信不信我一把火把这养老院给烧了！"院长的弟弟本来在附近的水塘钓鱼，听说检查组来了，鱼竿都没来得及收，一溜小跑赶了过来。

院长弟弟的话刚说完,他就从兜里掏出打火机,给自己点上一支烟,又将打火机在于秋风面前晃了晃。

于秋风听老人说过,有空他也常过来帮助姐姐照看老人,别看平日里他对别人凶巴巴的,但是对老人的照顾还真的挺细致,态度也很和气。

怕于秋风吃亏,社区工作人员孙伟秩急忙把她挡在身后。于秋风知道,各部门执法人员,包括社区民警都在场,谅他也不敢造次,即使做出什么过激行为,于秋风首先考虑的也不是她自己,而是担心不了解情况的老人受到惊吓。

看到弟弟过来,院长也怕他上来犟病,把事情闹大,就对于秋风说:"要关门也行,我正好利用过年期间改造一下,但是你们得做好家属工作,把老人接走。"然后就把老人的名册和联系人电话递了过来。

回到社区,大家各自分头联系家属。有的家属答应马上把老人接回家,有的怪社区多管闲事,更有甚者,抛下一句"我家没有人看护,你们想抬到哪儿就抬到哪儿"。想把老人送到社区那位,就是其中之一。

院方不协助,老人不理解,家属不配合,所有的矛盾指向,让社区成了众矢之的。里外不是人的感觉,在"社区人"的心头油然而生。当然,即便这样"两头受气",突破安全这根红线的念头,那还是连想都不要想。

有的家属都是上班族,对不能自理的老人的确无法照顾。于是，于秋风继续拿起电话，这一次是联系公办养老机构，希望他们能帮助解决一下燃眉之急。

最后，所有的老人都得到妥善安置。因为是短期收置，于秋风还为条件困难的家庭，在费用方面争取了优惠。

夕阳好养老院改造工程按时完工，老人们陆续回来了，于秋风带着慰问品前来走访，还联系志愿者帮助老人理发、洗澡，院长的弟弟也露出难得的笑容。

社区工作责任很大，天天与居民打交道，难免会遇到性情暴躁、口无遮拦之人，说几句难听的话，甚至骂上几句，"社区人"不能与之计较，只能一只耳朵进一只耳朵出。不管受到怎样的委屈，他们依然一直坚守着自己的初心，那是为人民服务的初心，为千家万户营造平安吉祥的初心。

《孤勇者》是于秋风一段时间在车上播放的循环曲目，她也把这首励志歌曲推荐给了社区的同事。"爱你孤身走暗巷，爱你不跪的模样，爱你对峙过绝望，不肯哭一场。"歌声天天在耳边萦绕，歌词在心里倒背如流，她很清楚，自己并不孤单，身边有家人，有亲朋，更有战友，一路陪伴，风雨同行。

蝶变

《长物志·室庐》:"要须门庭雅洁,室庐清靓,亭台具旷士之怀,斋阁有幽人之致。"幸福就是徜徉在花柳中的吉祥平安,宜居就是围坐在团圆桌前的亲情温暖。华丽蝶变的城市,诗意栖居的家园,有诗与远方的双向奔赴,有"烟火气"的浓郁弥漫。

"柳庆被打了……"这个消息刚传到社区时,大家都有些难以置信,一向泼泼辣辣的柳庆怎么会在工作时间被人打了?

打人的地点就在百畅园小区,这里是铁路工作人员的家属居住区,各事项都归铁路部门自行管理,和属地没有关系,后来铁路系统进行改革,准备向地方移交,但是相关流程还没有完成，社区就没办法接手。

尽管还没有正式交接，可是百畅园小区在进行环境检查考评时，每次发现问题，社区还是屡屡被扣分。社区工作人员的面子都有点挂不住，柳庆更是气得怒火中烧，而这个小区里的居民因为被物业弃管，平时也很恼火。

这两股火烧在一起，终于点燃了冲突的导火索。

在此之前，柳庆等人已经无数次来过这里，对乱堆乱放、开荒种菜、私搭乱建等现象进行清理整治。但是百畅园小区的居民认为，反正也没有物业管理，就依然我行我素，所以社区一次次清理之后，往往是从终点又回到起点，不断重复昨天的故事。

"我还真不信了，这颗钉子就拔不下来？"柳庆下定决心。

这天刚吃过早饭，她没进社区，就直接来到百畅园小区，准备配合街道执法人员，对楼外堆放的杂物打一场"歼灭战"。

因为采用的是先易后难的战术，所以战斗打响后，刚开始推进得还算顺利。不少住户还是很配合的，毕竟环境干净整洁了，受益的还是他们自己。柳庆也跟他们开着玩笑："百畅园这名字多好啊，可是你们却在自家门口堆满了破烂，咱把它们清理走了，出入才会更顺畅，心情也能更舒畅，一畅百畅。"

终于还是碰到了"硬骨头"。一家食杂店的门口堆满了啤酒箱子等货物，工作人员把货物搬进去，老板娘就搬出来，搬进去搬出来，几个回合下来，双方都开始火刺棱的。

"你们说不能放就不能放，那到底怎么个管法，是以门为界限还是画个线，你们知不知道今天已经影响到我做生意了！"老板娘怒气冲冲。

"你家把东西放在外面，都影响到大家走路了，特别是老人小孩，一不小心就会绊倒。"志愿者小丁愤愤不平。

"不要以为你穿个马甲就能管闲事，我今天就偏不搬，看看你们能怎么样！"现场进入了互怼和僵持模式。柳庆亲自上手清理，而且告诫老板娘，如果那些货物再堆出来，马上就用车拉走，找一个合适的地方存放。

打眼一看就不是善茬的老板娘开始对柳庆撒起泼来，先是破口大骂，然后就推推搡搡动起手来。柳庆被打了。

柳庆前些年做过小生意，也曾经到北京等地打工，走过南闯过北，这样的经历锻炼了她的生存技能，也使她更懂得生活的不易，所以在社区里处理问题时，她都能主动替人着想。同时，她天生心直口快，从不会藏着掖着，不管什么事情一就是一、二就是二，既讲情也讲理。

号称自己曾经是与"社区人"一字之差的"社会人"，被打后，却做到了骂不还口打不还手，但原则不能突破，柳庆依然有理有利有节，跟老板娘摆事实讲道理。

"这未免也太嚣张了！"社区的张振强为柳庆打抱不平，他对柳庆说，"不能就这么拉倒了，这个哑巴亏我们可不能吃！"周围的居民也开始指责老板娘，有人还要报警，被柳庆阻止了。都是为了工作，也没受到更大的人身伤害，依照柳庆的性格，她不可能去跟居民计较。

"柳大姐说的话，真的是理不偏。"周围的人都向柳庆竖起大拇指。打人者也终于意识到自己的错误，开始忙不迭跟柳庆道歉，一起打人"事件"就这样平息了。不过道歉归道歉，打人的事情可以原谅，但是杂物该清理还要清理，环境整治丝毫不能打马虎眼。

由于柳庆的坚持，老板娘只能把搬出来的货物，又搬回店内。"钉子"被拔掉，居民见此情景，也都开始主动把自家堆放在外面的杂物清理得一干二净。

回到社区，初娟倒了一杯水，端给柳庆："也就是你吧，换了谁都不能咽下这口气。"柳庆微笑着说："雷锋说，对待同志要像春天般温暖。居民一时没转过弯，我们哪能同她一般见识。"

你伤害我，我还得一笑而过，你指责我，我还要和颜悦色。即使心里有天大的委屈，也得忍着受着，还要做自己的心灵按摩师，你说"社区人"这心得多大啊！

社区工作人员中女性居多，意味着她们需要付出得也更多，她们常常不用借助任何借口和理由，就问心无愧成为家中的"甩手掌柜",一心扑在工作上。有时她们浪漫多情,流露出柔情似水的儿女情长,有时她们英姿飒爽,彰显了不让须眉的壮志豪情。

每天早上,当人们路过社区办公楼,就会看到挂满笑容的柳庆在门口忙碌着,来往的熟人都会向她打着招呼,她微笑着点点头,就继续忙着手头的事情。

自打到社区工作后,柳庆就成为一个无所不能的百变"神人"。她的身影很少留在办公室,而是经常出现在大街小巷,里里外外一把手,一会儿化身维修工,一会儿化身治安员,一会儿化身调解纠纷的高手,用不断练就的新本事,换来老百姓的舒心安心。对于柳庆来说,社区的管辖范围有多大,她的办公室就有多大。

用热忱体察民情,用深情赢得民心,柳庆不但是社区的当家人,更是居民的主心骨,她也早已适应担当各种角色。而花费她更多精力的角色是一名环卫人员,许多时候她总是反复出现在市容环境整治的现场。

社区是城市的基本单元,最能显现民生底色,也最能反映城市容颜。在一幅幅安居乐业的幸福图景里,正是无数像柳庆这样的"社区人",在精心为城市梳妆打扮,着色添彩。

天下难事，必作于易；天下大事，必作于细。不仅要看地标建筑撑起的"天际线"，更要看万家忧乐拼成的"地平线"，城市管理就应当在细微处见功夫、见质量、见情怀。

金润小区的墙外就是东风村，很多居民都是原来的村民，动迁之后，他们的身份变了，可劳动人民的本色没变，喜欢农耕劳作的传统也没变。

山体变"菜园子"，绿地私搭棚房存放农具，"小开荒"屡禁不止，不少居民用塑料布搭建起简易的蔬菜大棚。仅仅一个春天，小区的楼前楼后边边角角，就开垦出了十多块"菜地"，被分割出来的大小"菜地"，分属不同的主人。

身居城市却向往田园生活的人还真不少，翻地、打垄、播种、浇水……精心侍弄的"菜地"让那些种地业务尚未荒废的"菜农们"颇为开心。虽然种菜能怡情养性，不失生活情趣，但前提是不能侵犯公共利益。个别"菜农"为增辟面积而毁绿砍树，为种菜而堆积粪肥，甚至焚烧秸秆引发火灾……此类做法，无疑是把公共空间当成了自家的"开心农场"，既影响市容环境，也埋下了安全隐患。

"我本来就是农民，种点蔬菜妨碍到谁了？""这块空地闲着也是闲着，蔬菜瓜果绿油油，不也挺好看的？""菜农们"并未认识到错误，还觉得自己的理由挺充分。

七月初的一天，骄阳似火，几位居民坐在树荫下扇着扇子乘凉。这时，从远处走来几位"全副武装"的女人，戴着大大的帽子，清一色的碎花套袖、白线手套，还有时下正流行的遮阳面罩，只露出一双眼睛。

王阿姨看见她们，对同伴说："这些打扫卫生的钟点工又上咱小区揽活儿来了。"说完就使劲摆摆手，示意她们过来。"我家住三楼，擦玻璃多少钱啊？"带队的"女工"走了过来，扯下面罩说："王姨，你家要擦玻璃啊？"王阿姨揉揉眼睛一看，这不是社区主任王英民吗？便惊讶地问："你们这是要干啥呢？都没认出来你们。"王英民说："现在正在推进市容环境治理，今天我们这些'花大姐'，要把咱社区种菜的花坛清理一下。"

伴着炎炎烈日，王英民和社区同事们忙碌在被蔬菜占领的花坛中。每到一处，她们都会和"菜主人"打好招呼，帮着把大葱、豆角、生菜摘下来放好，再将花坛恢复原貌。

一上午下来，她们的行动得到了大部分"菜主人"的理解和配合。"花大姐"们一边擦着脸颊上淌流的汗水，一边露出胜利的笑容。眼看快到中午11点了，按照原计划，就差一户的花坛没有清理。王婧对王英民说："这位赵大爷把自己种的菜当成了宝贝，说要等放暑假时，留着给回来看望他的孙子吃。平常谁家小狗不留神溜进花坛，他都能把狗主人训斥一番。"

社区工作人员刚来到赵大爷种菜的花坛，就看到他握着铁锹怒气冲冲地看着她们。"这点菜我开春就种了，让它们再长个把月,等孙子回来了,我就把花坛清理了,你们看行不行?"

王英民立即说:"赵大爷,平常你很支持社区工作,现在要推进市容环境治理,我们上午都清理六个花坛了,要是在你这儿搞特殊,我们工作也不好开展,要不这样,我们把菜摘好送到你家里,等你孙子回来,社区工作人员请他吃大餐行不?""我才不稀罕什么大餐,你这不是裁布不用剪子纯胡扯嘛。"

时间一点点过去,任凭大家口干舌燥,赵大爷仍然充耳不闻,就是不让人进花坛,周边围观的居民也越来越多。

"对于这样狗咬吕洞宾的人,我们还上赶着帮他,这不自讨没趣吗?"刚来社区不久的小李有些不解。

不能再继续耗下去,大家的汗水可不是用来浇地的。王英民只好采取强硬措施,带头拔了一把葱,其他人也动起手来。赵大爷一看菜保不住了,冲上来就拉扯王英民的胳膊,体重不到一百斤的王英民被拽得一个趔趄,膝盖磕在地上,顿时渗出一道血丝。

居民一看都围了过来,有的批评赵大爷这么大岁数了还不懂事,有的要用电动车驮着王英民去卫生站处理伤口。

王英民的遮阳帽掉在地上,大家看到她的头发已被汗水浸透,一绺一绺地贴在额头上。赵大爷突然明白过来,急忙说:"我原来就想留点自己种的菜给孙子吃,可是社区为了环境整治又流汗又出力,我这么做真是老糊涂了,你们快回社区休息吧,我现在就拔菜。"

小小的花坛里,有赵大爷,有社区工作人员,还有周边居民,大家把菜整整齐齐堆放在一边,又开始清理花坛。看到大家热火朝天地忙碌着,王英民的眼角湿润了,既因为委屈,又因为劳累,更因为"社区人"再一次用实际行动赢得了居民的支持。

打那以后,居民纷纷加入护绿队伍,用"种菜"变"种花"的模式,疏解大家的"乡土情怀"。从"私家小菜园"到"社区大花园",偷偷种菜的居民少了,喜欢种花的居民多了,小区的"颜值"一下子提升了。

致广大而尽精微。城市管理往往事无巨细,被形容为"上管天下管地,中间管空气,还管网格和绿地",精细化管理就是要用心用情用力,办好居民牵肠挂肚的民生大事和天天有感的身边小事。

随处可见的野广告又被称为"牛皮癣",是城市管理中的一大"顽疾"。"牛皮癣"虽小,却像一道道疤痕,如果不及时清理,实在是有碍城市的"颜面"。

对于老旧小区和背街小巷,即使不断加强这方面的管理力度,也总会有"漏网之鱼"反复出现。于是,渤海社区工作人员不得不每天与这些"牛皮癣"打"持久战"。

"每天一打开门就看到这些碍眼的小广告,怎能不闹心?"居民李阿姨一说起"牛皮癣",便气得牙根痒痒,"这墙壁本来干干净净,结果全被贴上了小广告,特别难看,又很难清理,好不容易清理掉,转眼间又被贴上了。"

针对在楼体、宣传栏、公交站点乱贴乱画和张贴形形色色野广告现象,"社区人"真是穷尽一切办法,使出浑身解数:铲子铲,铁刷蹭,滚子蘸着涂料刷……

在志愿者刘淑芳老人看来,这座城市就是她的家,既然是家,她的眼里和心里就容不下半点瑕疵,于是她放弃了在家颐养天年的清闲,拿起小铲子,踏上了清除野广告的漫漫征程。她用蹒跚而又坚定的脚步,用苍老而执着的身影,用八个年头三千多个日日夜夜,共清理数十万张野广告。

一城之美,在于精致;一城管理,在于精细。不仅要治理"面上"的不文明行为,更要从"里子"实现精细化管理水平的提升。

在小区内,不少居民惊喜发现,原本乱放的杂物被清理一空,坑坑洼洼的路面铺上了新方砖,昔日脏乱的垃圾箱全部以旧换新。可不久前还不是这样的景象,那时的小区里私搭乱建严重,花坛绿地中间飘着塑料袋,路面破损不堪……

社区围绕硬化、亮化、美化、净化、绿化等目标，在"精细"上下功夫，彻底改变原来路面不平、环境不洁、景观不美、路灯不亮、排水不畅等影响居民的烦心问题。

背街小巷虽然不起眼，却距离居民最近，正所谓小街巷连着大民生。社区全面实施背街小巷整治提升，包括清理私搭乱建、清除路障、整理管线、泊位施划、安装路灯、补植绿化等，让那些过去脏乱差的街巷"旧貌换新颜"。

"这条路我和老伴儿走了三十多年，过去路面坑坑洼洼，夏天污水横流，冬天地冻路滑。"说起门前这条路，张大爷有一肚子话要讲，"如今路面美化了，垃圾分类了，人车也不混行了，一条小路上的大变化，让我们的心情更顺畅了。"

精细的城市管理和良好的公共服务如同城区功能循环运转的"绣花针"，绣出美好的生活图景，绣出居民的笑语欢颜。

卫生城市复审迎检，对于渤海社区可谓是最艰巨也最具挑战性的工作，时间紧任务重，形势逼人。

辖区内有一片楼房，是金普新区最具代表性的"老破小"，四十年的楼龄，四十年的生活习惯，让楼前楼后堆满各式各样的杂物。"可以老旧，但不能脏乱，咱们也要点强，横下心打个翻身仗，让其他小区的居民对我们刮目相看。"社区的张团一来到居民中间，既是宣传发动，也是打气鼓劲。

这栋楼梯的墙边斜倚着一辆"二八"大杠，锈迹斑斑的自行车架"锈"满了岁月的印记；那户门口放着熟悉而又陌生的酸菜缸，尽管许久不用，但还散发着腐烂的气息。还有消防通道，堆满了鞋盒子、矿泉水瓶、旧沙发、破花瓶……

这一次，再难也不能半路撂挑子，再累也不能"猫儿盖屎"应付差事。各包片网格员带着楼长"钻"楼道，挨家挨户去做工作。

"阿姨，这个是你家的东西吗，看能不能收拾收拾？""这么多东西放在外面别丢了，如果实在不用，我们帮你拿下去"……有的人理解，"行吧，我这几天拾掇拾掇"，有的人不理解，"我家没地方！"然后大门"砰"的一声关上了。更有甚者，冲着工作人员大喊大叫，"这都放多少年了，碍着你们什么事啦"。简直就是抬杠，"社区人"能上哪儿说理去。

"你们快来看看吧，我们一楼的楼道堆满垃圾，刺鼻的气味能呛得让人背过气。"接到投诉，社区的孙婷婷来到现场，原来一楼新搬来一家住户，夫妻都是没有工作的残疾人，只能靠捡拾垃圾为生，因为捡来的垃圾不能及时运走，就堆满了屋内屋外，楼上的邻居想绕道走都难，最近天气热，垃圾更是散发出一阵阵异味。

这还犹豫啥，清理吧。夫妻俩倒没阻拦，而是躲在一旁，男的唉声叹气，女的抹着眼泪。小孙知道，他们是在考虑以后的生活来源，于是连忙说："你们也别上火，就这样在楼里捡放垃圾毕竟也不是个事，等我们回去研究一下，看条件够不够，帮你们争取点补贴政策。"后来，社区联系到附近一家工厂，给他们揽了一份在家里就能完成的手工活儿。

住在23号楼的姜大爷已经八十多岁了，原来是金州纺织厂的退休职工，得知社区要清理仓房前的那堆木头，便连续一周拿着小马扎，大清早就守在社区门口。只要一开门，姜大爷就拉着社区工作人员的手进大厅，然后坐下来询问为什么要清理木头，然后从解放前讲到土改，从老金纺讲到现在，东一榔头西一棒子，目的只有一个——这堆木头不能动。

不少像姜大爷这样的居民根本不按套路出牌，你跟他讲道理，他跟你讲感情；你跟他讲感情，他跟你讲现实；你跟他讲现实，他又跟你讲道理。如果还能绕回来也行，就怕离题千里。

眼瞅着姜大爷的往事一时半会儿回忆不完，社区工作人员不能只是耐心听讲，还要发表意见："大爷，听说旁边的万城社区正在征集前些年金纺的老物件，你是老职工，翻箱倒柜看看家里有没有，不过这堆木头，打家具都四六不成材，用来烧火又没有锅灶，不如卖给八里羊汤馆旁边那家新开的柴火铁锅炖，不然谁要不小心扔个烟头，着起火来吓不吓人。"

　　大家都要一视同仁，年龄大资历老也不能"搞特权"，不少居民也是连哄带劝软硬兼施，姜大爷慢慢动摇了。至于有多少勉强的成分完全可以忽略不计。"哎，你们也不容易，清理清理也好，大家都干干净净的，东西还是我自己想想办法处理吧。"

　　这段时间，社区工作人员和楼长中的"娘子军"都成了"花木兰"，早上光鲜亮丽出门，晚上灰头土脸回家，每天在楼道内爬上爬下，清理着杂物、砖头、花盆、压菜缸的大石块，还有不要的酸菜缸，实在抬不动的就砸碎了一块块搬下楼。

　　"其实，我们的心也有柔软的一面，听到居民关心地说声辛苦了，鼻子也会感到酸酸的。我们知道总有一天，会让小区摘掉'贫民窟'的标签，也让这里的居民生活在整洁舒适的环境中。"张囡一在民情日记里动情地写下这样一段话。

　　现在，居民徜徉在一个个居住小区，只见绿意葱茏、街区整洁、景观优美、道路通畅。如果将这座城市比作一幅秀美的画卷，那么社区工作者就是绘就这幅画卷的"神笔马良"。

此心安处是吾乡。一部城市的发展史，就是一部人类向着美好生活前行的历史。垃圾分类是文明"新时尚"，但让"新时尚"成为社会共识与日常习惯却并非易事，需要引导居民真正成为城市发展的积极参与者、最大受益者和最终评判者。

金州是一座文化绵长的历史古城，经历一百七十余年岁月的金州菜，由于自成体系而又独树一帜的烹饪技艺和风味，享誉辽南，推及胶辽，名扬京津。且不说代表官府菜和民间菜精华的"三道饭席"和"全拼八碟八碗席"，也不说荣升园、福星园、祥盛园、福盛园这些老字号，但说遍布全城犄角旮旯的驴肉包、饹饹条、鱼卤面等小店，就能让人垂涎欲滴，每天都是熙来攘往顾客盈门。

饭店人多是好事，来的都是客，不管是当地居民还是外来游客，都可以大快朵颐大饱口福。可是对于社区开展的垃圾分类，饭店执行起来难度就大了。那些规模档次讲究的大饭店还好，而小本经营人手又少的小店，可谓难上加难。

"老板，来盘鲅鱼饺子，再来份挂霜丸子。"这是张万军第八次来到这家饭店吃饭了，作为康居社区分管垃圾分类的卫生专干，他这次还带有"微服私访"的意思。

市里搞了个垃圾分类红黑榜，要将社区的排名在媒体上定期公布，大家都担心一不小心登上黑榜，那得多打脸啊。

可是，近期检查的重点又偏偏放在饭店和食堂，张万军顿觉压力巨大。

垃圾分类刚开始推行时，张万军也是挨个饭店去送宣传单，大多数饭店都口头表示"没问题"，可转过头，垃圾还是一包包地混着往外扔。尤其是这家，这条街上最火的饭店。张万军数次登门宣传动员，老板却连敷衍都懒得敷衍："社区领导，我们这是小生意，很多居民到点就来吃饭，我做菜上菜都来不及，还有空管垃圾怎么扔？你们社区别整没用的事，有那时间多来吃两顿饭，也能拉动消费。"

"你做小生意也好，大生意也罢，我们都祝你生意兴隆，可是在垃圾分类上谁也不能搞特殊化。"张万军说。可说是这样说，很多饭店仍旧不配合，而且为了逃避垃圾分类，他们对社区工作人员还采取避而不见的方式，偶尔见到了，就以没时间忙不过来为借口。

连吃了多次闭门羹以后，张万军也产生了打退堂鼓的念头。在外面走了一天，张万军的肚子咕噜噜地叫了起来，索性去撮一顿。别说，这里的饭菜味道真好，可能是张万军狼吞虎咽的样子调高了老板的情绪价值，出门时老板还热情地说："大哥有空常来，下次我给你做传统老菜熘鱼片，老好吃了。"

有一天下雨，顾客不多，张万军来了："大厨子，今天我请你吃吃你自己做的菜，反正人也不多，咱哥俩喝点。"

闲聊中，张万军不经意间提起垃圾分类，这次老板倒没有像以往那样抵触。

"以前没站在饭店经营的立场想问题，通过一次次了解，我觉得你们主要是嫌麻烦，也怕增加经济负担，但是垃圾分类真的是必要的……""你这算说到点上了，我们这样的小饭店，的确有难处，但社区也不容易，啥也别说了，理解万岁。"说完，两人开心地干了一杯当地有名的"酒人老吕"金州原曲。

双方都转变了观念，加上感情的铺垫，第二天张万军又来到饭店，带来了分类台账、宣传挂图、条幅、分类标识等物品，现场指导垃圾分类。

周边的饭店也慢慢打消了顾虑，适应了垃圾分类。在后来的考核中，这一项不但没被扣分，还成为典型上了电视。

不知不觉垃圾分类已开展多年，社区工作人员和居民都由最初的一无所知，到逐渐养成了分类习惯。

"妈，我上班去了，你下楼遛弯时记得扫码领取垃圾袋。"家住凤凰山花园的吕女士叮嘱已经退休的妈妈。"怎么混得连个垃圾袋都买不起，还要免费领取，你那班还上个什么劲？"没想到妈妈对这件事这么反感。"你不知道，我让你领的垃圾袋是可降解的，再说左右你都得下楼，就当为保护环境作贡献了。"调侃完妈妈，吕女士急急忙忙走了，老太太千百个不愿意，也下楼去扫码了。没想到在垃圾站还遇到了熟人，是前楼的张阿姨和孙阿姨，这两位都是家里的孙子让领的，说自己是环保小志愿者，奶奶必须帮助完成任务，领完的垃圾袋可以分给邻居，这是保护环境。孙子既然发话了，当奶奶的必须不打折扣落实到位，于是小区里就看到三位老太太一边遛弯唠嗑，一边给邻居们发放垃圾袋。

凤凰行动进行时，飞入寻常百姓家。凤凰山花园小区一直是垃圾分类的"领头军"，物业建立了垃圾分拣中心和厨余垃圾处理站，督导人员每天对投放垃圾的居民进行督导，然后对"四分类"垃圾桶进行分拣，分拣后将厨余垃圾加工处理，转化为再利用的有机肥，实现了垃圾减量化和资源化。厨余垃圾处理站还配有小超市，可以通过手机扫码免费领取可降解的塑料袋，不仅方便了居民，还减少了白色污染。

多个社区还联合教育机构积极行动，开展垃圾分类小课堂、争做垃圾分类示范班级、"聘用"小小督导员等特色活动。

"你们知道吗，我们每个人的一生会制造超级超级多的垃圾。""这么多的垃圾如果不能有效处理，将来我们就要被垃圾包围啦！""是呀，所以我们要进行垃圾分类，给每一个垃圾找到'家'。"如何让萌娃们变身垃圾分类"小达人"，金润社区和幼儿园的老师可没少动脑筋，在学习区、生活区、运动区都有老师手绘的海报。小朋友在潜移默化中学习垃圾分类知识，回到家里当起了"小老师"，带动家人一起进行垃圾分类。

"餐厨垃圾装进这个绿色袋子后，不用破袋直接扔进绿色垃圾桶……"金润小学五年级的洋洋正指导爷爷进行垃圾分类。"我孙子懂得真多，还能给爷爷上课了，以后肯定有出息。""爷爷你别打岔，明天放学回来检查你的学习成果，我们班好几个同学都报名当环保志愿者了，你可别拖我后腿。"一老一小的对话，让洋洋的爸爸哭笑不得。前几天洋洋的爸爸还告诉老爷子要垃圾分类，被一顿臭骂，同样垃圾分类的事，现在竟和孩子的成长挂上了钩。他偷偷给社区网格员发个微信："李姐，你们社区真厉害，我家老爷子被他大孙子搞定了，垃圾分类肯定不带出错的。"

既然是聚居在同一地域范围内的社会生活共同体，社区就需要用日复一日的坚持，为辖区居民打造物理空间洁美、精神空间向善的美丽家园。解决好衣食住行问题，是城市管理的价值指向；让居民生活得更舒心，是城市管理的重要标尺。

金润小区有一位姓高的个体户，大家都喊他老高头，老高头可算是个"高人"，"高"到让人敬而远之，"高"到能以一己之力拖了整个街道的后腿。

金润小区位于北城新区,是该区域内人口密度和入住率最高的小区,小区内饭店、超市、理发店、五金店等商业场所应有尽有,这些场所在方便居民生活的同时,也存在多年没有解决的老大难问题,那就是各类违建总如雨后春笋层出不穷,而其中堪称固若金汤的"堡垒",当属老高头建材商店。

老高头家住39号楼东侧一楼,因为门口正对着主干路,他就将自家的住宅改建成门头房,卖起了沙子水泥等建材。随着小区住户不断增加,越来越多的家庭开始装修,老高头建材商店一度门庭若市。眼瞅着建材生意越来越红火,老高头不顾邻居反对,又在门头房外面盖了一处简易房,房子内外满满当当地堆起沙子水泥。

由于老高头的"倔强",多次清理都没有奏效,周边商户在老高头的带动下也纷纷将货品堆在室外,导致这一带每次都成为全区环境整治检查的扣分点。街道和社区工作人员一来做工作,老高头就气势汹汹:"谁不让我好好生活,我就和谁拼命!"

有一次,于秋风来做工作,老高头把家里的液化气罐搬了出来,放在大街上,扬言要当场点着,来往车辆和行人只能绕道而行。一提到老高头,社区工作人员都觉得头疼打怵。

不仅如此，财迷心窍的老高头还变本加厉，将楼后面的一片绿地也一点点"蚕食"。他铲掉原来种植的花草，用于堆放沙子和红砖，上百平方米的公共绿地被他据为己有，成为他家的"自留地"。

面对这座久攻不下的"堡垒"，社区工作人员试图从内部攻破，便找到老高头的儿子，让子女首先认识到违建的危害性，然后协助做其父亲的工作，自行拆除违建，恢复绿地。老高头的儿子也很通情达理，回家进行了劝说，但是老高头却"油盐不进"，还说要与儿子断绝关系。

这一次，街道组织各个社区连续开展百日攻坚整治、市容环境专项整治、重拳拆违春季行动等专项整治行动，着力对市容环境重点难点下重拳进行有效治理。

随着整治行动的推进，小区环境逐渐改善，可是老高头还在"固守"着。在他的建材商店对面不到百米远的地方还有个大集装箱，是另一家建材商店的"仓库"。社区让老板把集装箱搬走，老板就撇撇嘴说："对面老高头啥时候清理了，我肯定把集装箱搬走，如果老高头不动，一切都免谈。"

对于老高头这样顽固不化的强硬者，不"真刀真枪"显然是不行的，社区工作人员不能一再无功而返。于秋风再次找到老高头，告诉他如果他不拆除，最后只能走执法程序强制拆除。

老高头嚷道:"现在是法治社会,国家也说了私有财产不可以侵犯,我看你们谁敢动我一粒沙子!"于秋风义正词严:"你既然提到法,咱就好好掰扯掰扯,你私搭乱建算不算违法?占用公共绿地算不算违法?法治社会容不下你这样的'沙子'!"

老高头听到于秋风这番话,顿时哑口无言,不动口就动手,于是他故技重演,习惯性从地上捡起一块砖头操在手里,在于秋风和社区工作人员面前晃了又晃,嘴角露出"你们能奈我何"的表情。

就拿清理侵街占道、拆除违建来说,挨骂其实都算是轻的,遭遇各种恶意刁难更是家常便饭,也算见过世面的于秋风没有一丝退缩:"我知道你家里有的是砖头,但是用错了地方,况且你的砖头再硬,还能硬过执法行动?"

既然非想要一意孤行成为"典型",那就不客气地成全你,还可以发挥一下"典型"的示范效应。社区立即向街道汇报,执法部门依法下达告知书,并组织队伍到达现场,机械车辆也安排到位。

一看来真的,老高头像霜打的茄子、泄气的皮球,昔日耀武扬威的"高人"形象荡然无存。

现场工作人员将乱堆乱放的建筑材料运送到一处闲置的房子里暂存,并且告知了老高头的儿子,同时对所有的私搭乱建进行了依法拆除。

警戒线外聚集的居民越来越多,从最开始的交头接耳到最后不约而同拍手称快,显然,原先敢怒不敢言的邻居们已苦老高头久矣。

在拆除老高头违建的同时,对面马路来了一辆装载车,把占据路边多年的集装箱也拖走了,原来是正在观望的那家建材店老板主动采取了行动,还把自家门前的沙子水泥一起收拾起来。

这真是村看村户看户,钉子户也在盯着钉子户。

从低矮破旧的棚户区到品质提升的新社区,老旧小区改造和城市微更新让更多的"生活圈"丰富了"新功能",让更多的"老居民"过上了"新生活",让更多的"老街巷"焕发出"新光彩"。

"今天还有哪户需要做工作的,我继续去做。"一大早,六十六岁的姜长利就来到社区,扯着嗓门喊道。姜长利是松苑山庄小区居民,也是老旧小区改造理事会的成员,这段时间,他每天都早早过来报到,主动要求和社区工作人员一起,去给那些没想通的邻居们做一下"技术培训"加"心理辅导"。争得居民同意,是老旧小区改造的前提条件。

康居社区北舍小区、民馨社区东山路小区、东山社区白灰厂楼……街道为被列入改造名单的老旧小区制作了进度表，松苑山庄位列中游。还差最后的28户居民，今天姜长利他们来到老邹家。

"当初砌墙的时候我花了不少钱，不能说拆就拆，我的损失怎么算？"按照规划设计，老旧小区在实施改造之前，需要将所有楼层的防护栏和违建进行拆除，以消除安全隐患，保证工程质量和效果，这件事引起了老邹等居民的抵触。

由于墙体透寒，老旧小区光靠暖气供热根本不行，在家里还得穿上棉衣。"我家亲戚住东山路小区，去年那边改造之后，少遭老罪了，听说二手房都涨价了，你们社区是不是该去争取一下，把我们这片也早点改了。"老邹他们似乎忘了，当初一次次来找社区的情景。

问题反映到社区主任刁雪莹这里，她深知拆除防护栏违建是个老大难问题，但如果想以"新"换"心"，从政府的"一头热"到"人人参与，人人共享"，就必须面对并解决好居民的各种诉求。

基础设施老旧、建筑工艺落后、公共空间堆放杂物、违章搭建现象频发……这些都是老旧小区的共性问题。而老旧小区又是存量改造又是局部调整，受到的限制多，可供发挥的空间小，只能在既有资源的综合利用中寻求突破口。例如，通过拆除违章建筑配建便民服务设施，通过挖掘现有空间解决停车难题等，这样就必然会触动部分群体的利益。

群众说好才是真的好，居民满意才是最大的满意。老旧小区改造是一个看得见摸得着的民生项目，也是一项细致复杂的系统工程。社区在回应百姓期盼中，需要灵活搭建平台，协调各方利益，寻找最大公约数，满足大多数人的诉求。

改不改？怎么改？各种问题开始陆续汇总上来。问题是难不住专门解决问题的人，从群众中来，到群众中去，这本是千家万户的事，能让千家万户受益，那么解决途径自然也得千家万户集思广益。

在刁雪莹主持的老旧小区改造共建共商座谈会上，街道相关科室、设计公司、施工单位和居民代表围坐在一起，摊开设计图，一起研究改造方案。

从政府"配餐"到群众"点单"，将"群众想什么"与"政府干什么"精准对接，在项目征集、决策、监督、评价等环节，听"民声"、聚"民智"、解"民忧"。会上，既有不同意见的交锋，也有换位思考的体谅，一个个看似棘手的问题，没有因为"众口难调"而搁置。

大家对拆除违建和防护栏的事，有了新的共识。为了不耽误工程开工，11号楼的刘先生第一个拆除了自家违建："违建不拆除，就会影响老旧小区施工，赶上改造的好机会，说啥我也不能拖大家后腿。"有了第一个带头的人，其他居民也纷纷开始配合搬离物品，主动申请拆除，从消极抵触到积极配合,从等待观望变成主动参与。

既做好"事前疏",又防止"事后堵",粉刷外墙、加装保温层、重新铺装地面、更换雨污管网……改造工程得到居民全程关注。"老房子冬冷夏热,下水管道隔段时间就堵一次,我天天趴在窗户上往外望,期盼着完工的那一天。"孟阿姨逢人便说。

吴刚两年前对自家的山墙进行过保温处理,他不想参加本次改造,但改造工程需要整体进行,施工方没有提前告知,就拆除了他家原有的部分保温设施,这让出差回来的吴刚非常恼火:"我家做的保温材料都是进口的,你们要包赔我的损失,不然就别想继续做下去!"

"你这是上的哪门子火,一大早谁又惹乎你了?""别提了,人家风风火火闯九州,我却一早上风风火火闯红灯,这件事昨晚就赶走了我的睡眠,搞得我直到现在还迷迷瞪瞪。"昨晚得知吴刚阻止施工的事情,车宏就没睡好,早上刚来就向刁雪莹汇报。

该来的终究会来,不该来的也说不准什么时候就来了。问清原委,刁雪莹找来施工方,当着吴刚的面说:"老吴原先对改造工程很支持,可是你们不问青红皂白就拆除了人家精心做的保温层,搁谁能高兴?"施工方听罢,也认识到自己做得确实欠妥,赶紧道了歉。吴刚看到刁雪莹没有丝毫偏袒,还给自己戴了个"高帽",就正好顺着台阶下来了。

双方达成一致意见,对拆除部分进行重新修补,并在修补后对吴刚家山墙四周,再加做一层保温设施。双方矛盾得到妥善化解。

"城,所以盛民也。"在人的各种需求中,安居乐业是最核心的元素,更是幸福的底色与基石。

走的是阳光道,奔的是日子甜。伴随着最后一批脚手架的拆除,老旧小区改造正式收尾,斑驳的墙面、漫天的飞线、残损的管道终于消失在居民的视线中。

"快来看,这熊大熊二画得多像。"居民范科正拿着手机拍摄着楼体外墙的装饰画。顺着镜头看去,各式各样形象生动的画面,为小区增添了绚烂的色彩。

如果说街头巷尾的"精雕细琢"赋予了城市光鲜亮丽的"面子",那么老旧楼院里的"深耕细作"则给予了居民舒适生活的"里子"。

树荫下,老人们一起操练着八段锦;长廊里,三三两两的居民坐着闲聊;不远处,孩子们开心地荡着秋千。从晨光熹微到华灯初上,跳舞、散步、锻炼、游玩的居民络绎不绝……小区提升"颜值",居民乐享生活,许多人追寻的"诗和远方",正成为居民的生活日常。

"未来社区生活是什么样的?舒适美好的居住环境,智能化治理手段,家门口'一站式'便民服务,社区事务大家共商共议，邻里关系温馨融洽……"社区请来专家，给居民做了一场关于未来社区的讲座。未来不仅是一个时间概念，更代表着重塑，意味着变革，是与过去不一样的无限可能。

手执烟火，心怀向往。从蜗居到安居，再到乐居、优居，这一间间温馨的居室，承载着人们对未来生活的美好期盼，也演绎着家和万事兴的深刻内涵。

偕行

鲁迅说过："有一分热，发一分光，就令萤火一般，也可以在黑暗里发一点光，不必等候炬火。"正像是一团火点燃另一团火，一束光簇拥另一束光，无数人用爱心善意传递着沁润人心的人性温暖，守护着平安祥和的万家灯火，构筑着崇德向善的精神高地。

除夕下的一场大雪尚未完全融化，街道上一片洁白和晶莹，仿佛在等待着春的消息。此刻，很少有人会将身边的这场雪与远在冬奥会赛场的冰雪联想在一起。

2022年2月5日，夜幕刚刚降临，万城社区主任逯相辉与社区工作人员、志愿者一起拎着水果捧着鲜花，早早来到万科城D区的曲春雨家中。曲春雨的妈妈看上去十分紧张："我这心跳得好快，你看我手心都是汗。""大姐，我也紧张啊，咱们一会儿一起看比赛，不管咋说，孩子能站在奥运会的赛场上，就是英雄。"逯相辉安慰道。"你给我们讲讲春雨姐小时候训练的事呗，这样能转移注意力，咱们就都不紧张了。"网格员小潘的提议得到了大家的支持。于是，在这个寒冷的冬夜，一群人因为冬奥会，因为对曲春雨获胜的期盼，围坐在电视机前，等待着这场万众瞩目的比赛。

当晚，北京冬奥会短道速滑混合团体接力决赛在首都体育馆举行。由曲春雨、范可新、张雨婷、武大靖、任子威组成的中国国家短道速滑队，凭借着出色发挥和默契配合，最终获得金牌。在中国国家短道速滑队夺冠的瞬间，曲春雨家中响起一片欢呼声。

逯相辉与曲春雨的家人一同见证了她的夺金时刻，也在第一时间为她的父母送上鲜花和祝福。曲春雨的母亲于淑艳用沁满汗水的手紧紧拉着逯相辉的手，对她，也是对在场所有人说："没入国家队前，春雨有时候春节还能回家，进入国家队以后，我们基本上一年就见一次面，想念那是必然的，但孩子也真争气，这个房子还是那一年春雨帮助我们选的呢……""大姐，这比赛也结束了，闺女马上就能回来和你们团聚，是不是更高兴了？""这几天你要是收拾房屋啥的，就喊咱志愿者，给普通居民帮忙我们高兴，给冠军家帮忙估计志愿者都得抢着来,因为快乐加倍啊!"

"冬奥冠军曲春雨要回来了!""冠军回来第一站,就来我们社区了。"这两条消息很快在居民中间传开了,这件事也让万城社区工作人员特别有面儿。

原来,一直在外训练的曲春雨常听父母念叨,社区工作人员认真负责,小区邻居们热心善良,家里有个大事小情,总是能得到细致入微的帮助。她家从黑龙江北安迁到大连金州,是一个"外来户",但很快就融进了新的生活环境。隔着电话,她也能感受到父母的舒心,这也让她能够心无旁骛地投入训练和比赛。所以,这次从机场回来,她就来到社区,也特地表达自己的感激之情。她深知,有许多人都在通过不同的方式,为她取得佳绩提供源源不断的动力。

知道曲春雨要回家,社区工作人员早早做好了准备,在电子屏上打出了"热烈欢迎奥运冠军曲春雨载誉回家"的字幕。社区还在活动室组织了一次别开生面的欢迎会,邀请居民和志愿者代表重温曲春雨勇夺金牌的精彩瞬间,迎接她的不仅有家中的温馨,还有社区大家庭的温暖。

在家休整几天后,曲春雨特意购买了水果、饮料,和父母一起送到社区。"我有个请求。""这不是见外了,有啥事需要我们做的尽管说。"逯相辉赶紧说。"因为还要外出训练,我在家住的时间不会很长,但是这段时间我想成为社区的志愿者。我不在家时,是邻居们照顾了我父母,我也想尽力帮助有需要的居民。"这个请求还真让逯相辉喜出望外,愣了片刻后她马上说:"那太欢迎了,一会儿你填个报名表,明天我们给高龄老人送米面油,你一起来参加。""没问题!"曲春雨愉快地答应。

自从万城社区有个冬奥冠军志愿者的消息传出来,来社区报名当志愿者的人越来越多。"都说予人玫瑰,手有余香,咱社区现在都快花团锦簇了。"刘琼英兴奋地说。

高考期间,万城社区启动了"爱心送考"公益活动,号召志愿者为辖区内需要帮助的考生提供送考服务。招募令刚刚发出,曲春雨的妈妈就拨通了逯相辉的电话:"春雨说,高考那几天她正好能回家休整,让我联系社区,别忘了给她这个志愿者安排一个考生,她肯定能完成任务。"

于是,高考第一天,考生周阳见到了自己的偶像曲春雨。当得知春雨姐姐会送自己去考场的时候,周阳感觉特别幸运也特别开心。爸爸告诉周阳,要把这种幸运和开心转化为动力,像偶像一样,在高考中勇夺胜利。坐在曲春雨的旁边,周阳发现自己的偶像比镜头里看起来更加积极乐观,她像邻家大姐姐一样鼓励周阳好好发挥。两个人分开的时候还击掌约定,等到发榜的那天,周阳一定要给春雨姐姐打电话分享喜悦。

曲春雨的出现也吸引了众多考生和家长的关注,大家对奥运冠军能够参加公益助考活动略有诧异,但纷纷赞赏,还有的考生将她当作励志的榜样，纷纷与她合影留念。"今天，你们的考场也是一个赛场，只要大家尽力拼搏，一定会取得优秀的成绩。"曲春雨的话给了考生莫大的鼓舞，也增强了考生面对人生考场的信心和勇气。

无数人曾经用期待的目光将万城社区与奥运赛场联系在一起，今天他们又用称许的目光，为冠军加冕了一枚熠熠生辉的奉献者金牌。

与真正的赛场相比，奉献是曲春雨奔赴的另一个方向，奉献是她怀揣的另一枚金牌。在曲春雨的脑海里，还有许多做志愿者的计划，特别是要以志愿者的身份加入社区公益性体育活动中，利用自己的体育知识，发挥专业特长和技能，帮助引导更多居民参与到全民健身活动中来，与他们共同分享体育带来的快乐。

春风，春天，春雨，这些与春有关的词汇，以自然和人文的含义，以美好和温暖的名义，在这座城市集结。冰道上，是速度与激情的接力；赛场外，是爱心和感动的传递。

春雨来得正是时候，千千万万颗小小的水滴汇成爱的海洋。

城市文明的重点在哪里，志愿服务的重心就投向哪里；百姓需求的细节在哪里，志愿服务的触角就延伸到哪里。

一座城市的魅力不仅体现在美轮美奂、光彩夺目的"颜值"上，还体现在"予人玫瑰，手有余香"的"内涵"之中。

一个冬天的下午，俪城社区大厅的灯突然坏了。正在查找资料的李成功说："我约了维修的师傅，明天下午才能过来，这大阴天的，咱们暂时只能摸黑办公了。"这时，一位正在办理个人业务的居民突然接了茬："我以前是电工，不用别人了，看你们服务态度这么好，我就免费给你们修修。"说完，三下五除二就把灯给修好了。"我叫杨华国，家住15号楼，刚才都登记电话号码了，你们再有啥事喊我就行，我现在也退休了，在家闲着也是闲着。"就这样一来二去，老杨成了社区的一名志愿者，清理垃圾、广场宣传、走访慰问等活动，只要喊他一声，肯定第一时间到位。

随着小区入住居民的增多，大家日常生活中遇到各种各样的小困扰也越来越多，比如下水道堵了、水龙头漏了、电灯不亮了……这些问题报修物业，物业不管，到外面找人维修，加点小费人家都不愿意弄，嫌跑这么老远就干个小活，都不够跑腿钱。

俪城社区在走访中了解到这个情况后，就想着能不能到零工市场对接一下维修师傅，可是找了几个人都没有谈妥。"老杨大哥不行吗？他说过自己以前就是电工。"有人提起了杨华国。"对啊，我们怎么把他给忘了，赶紧问问他能不能接这个活儿。"

第二天,杨华国来到社区,一听要找维修师傅,专门帮居民排忧解难,当时就拍着胸脯答应了,还提出要来牵头。社区后来又陆续招募了多位有特长的居民,一支人员少但技术精的小型志愿服务队成立了,名字就叫"华国维修队"。

华国维修队刚成立,许多居民并不买账。"还能有不花钱的好事?""是不是拿我们家练手啊?"质疑声接二连三。

一次,居民王先生家的地热管线漏水,家中地板被水浸泡,于是紧急联系华国维修队。杨华国和队员来到现场,发现需要更换配件,就让王先生开车去金发地装饰批发市场购买。

可配件买回后却怎么也安装不上,队员一看傻眼了,原来是型号不对。王先生急了,埋怨队员没交代明白,队员也急了,说王先生没听清楚。

看到家里积水越渗越多,王先生气恼地说道:"没有金刚钻,就不要接瓷器活儿,修不了你们就早说话,我另请高明,这不耽误事吗?"这时候,大家都想听听队长杨华国的意见,却发现他根本没在现场,场面一度出现了僵持。

不到十分钟,杨华国匆匆忙忙回来了,原来他骑着自己的旧摩托去市场把配件买回来了。然后二话没说就开始紧张维修起来,修完后又把整个管线清洗了一遍。从中午忙到晚上九点多,大家饭都没吃水也没喝。

看到队员忙前忙后,王先生不好意思地连连道歉,邀请大家留下来吃点饺子,冰箱里有现成的,下锅煮煮就行。队员们纷纷婉拒,把现场清理干净后,各自回家。杨华国对王先生说:"我们分文不取,而且从来不在服务对象家里吃饭,这个规矩不能破。"

"好心赚个驴肝肺,这样出力不讨好的事,干得有点窝心。"有的队员开始打退堂鼓,社区知道后立即赶过来做工作。

"咱们志愿者帮助别人不图钱不图报答,就是凭着自己的一腔热情,你们就是社区的一块'招牌',是居民口口相传的好人,以后再遇到受委屈的事,别忘了还有社区在身后支持你们。"心结解开了,大家又乐呵呵地拧成一股绳,继续用行动和爱心践行着志愿者的信念。

"杨师傅,家里暖气管道坏了,方便来看看吗?""老杨大哥,我妈在家安装纱窗,怎么也安装不上,我在上班,老太太着急,你能不能去帮忙看看?""外面一下雨,雨水就顺着窗缝渗进来,服务队能不能帮助维修一下?"

随着居民求助一次次得到响应,以及"出勤"次数的增多,华国维修队的"牌子"一点点擦亮了。

为了让更多居民知道华国维修队,社区印制了"及时雨"便民维修连心卡,还在每个小区悬挂便民服务牌,上面标有华国维修队负责人的姓名、电话号码和业务范围,只要拨打电话或发送短信,负责人就会将不同的维修情况进行分类，再根据志愿者的特长分配工作。

华国维修队在走家串户的过程中还充当了社区的"眼睛"，谁家有困难，谁家有矛盾纠纷，社区得到的都是第一手消息。

"我们之间非亲非故，不能总收你们的东西……"王大爷激动地说，并且再三推让社区送上门来的衣服、被子和熟食。王大爷的子女不在身边，他独自照料卧病在床十多年的老伴儿。一次，为王大爷家修理燃气灶时，杨华国得知此事，马上将情况反映给社区，他还主动与王大爷结成对子，除了"承包"王大爷家修修补补的活儿，还在生活上提供帮助。王大爷总是将"好人老杨"挂在嘴边。

"服务大家对我是举手之劳，对有需要的人是雪中送炭，我心里热乎。"杨华国说。有一呼才有百应，不少有专长的居民纷纷站了出来，法律援助、纠纷调解、家教服务、医疗保健、家电维修等特色志愿服务队也相继组建了起来。

志合者，不以山海为远；同心者，不以日月为限。心存希冀，目有繁星；追光而遇，沐光而行。

医生、保安、建筑工人……每一个职业里，有他们爱岗敬业的付出；邻居、朋友、亲戚……每一个角色里，有他们友爱相助的传递。正是有了他们，博爱精神才有了注解；

正是有了他们，志愿精神才有了延续。

"如果你是大树，就给大地留下一片绿荫；如果你是小草，就为人间奉献一抹春色。"推开金润社区心语驿站心理咨询室的大门，这样一段文字就会映入眼帘。

社区十多平方米的心理咨询室里，四面墙壁的架子上满满当当地放着各式各样的小模具，屋子中间有一张方桌，上面摆着一个大大的沙盘，一个小男孩在妈妈陪伴下正在沙盘里摆着小模具。"张老师，今天明明好像多说了不少话。"孩子妈妈小声对张霞说。"是啊，他的状态越来越好，我也替你们高兴。"

看到这样的场景，有点心理学常识的人就会知道，这是在进行沙盘疗法。可是，十多年前，对于社区居民来说，这还真是一件新鲜事。

张霞是金润社区心理咨询室的创建人，也是这里资深的心理咨询师。当年，她还是三菱电机文员的时候，就热心参与社区活动。因为一直喜爱心理学，在工作之余，她考取了全国二级心理咨询师的证书，还成了几家医院精神科医生的实习生。

"我学心理学不是为了一个证书，是想能够真正帮助身边的人。"与社区主任王英民相熟多年的张霞信心满满地说。"张姐，我听说过心理咨询，在大城市挺普及，可是咱这儿相比走进心理咨询室，有些人怕是更愿意找那些算命看事的。"有人心直口快,说出自己的担心。

"这段时间,我和另外几名志愿者一起,搞了个关于居民生活工作压力的调查,发现很多人都有或轻或重的心理健康问题。"料到大家对这件事有疑问,张霞早有准备,她接着说,"我们都是免费咨询,就是需要社区帮我们找个房间,不用太大,安静舒适就行。"对于各种志愿服务项目,只要条件具备,王英民都会给予支持:"既然这样,那咱就赶个时髦,把社区那个小仓库收拾出来,先试几个月。"

就这样,一个名叫"心语驿站"的心理咨询室在金润社区挂牌成立,旨在为居民提供一对一免费心理咨询与疏导,还招募了心理辅导志愿者充实到"驿站"。

不出所料,心理咨询室成立之初真的可以用门庭冷落来形容,有的居民趴在门缝瞅上一眼就溜了,有的居民搭讪敷衍几句也匆匆离开,甚至还有居民悄悄地问社区工作人员,心理咨询师是不是忽悠人的江湖骗子。张霞和志愿者倒也能沉住气,作为心理咨询师,首先必须把自己的心态调整好。

这个时候,心理咨询室迎来了第一位真正意义上的患者。明明,一个四岁的男孩,从小就内向不爱说话,两岁半的时候被诊断为孤独症,明明父母带着孩子去了很多地方治疗,都没有明显疗效。明明平常不和小朋友玩,一去幼儿园就大哭大闹,实在没办法,明明妈妈只能辞掉工作,全职照顾孩子。得知社区新成立一个心理咨询室，而且是在家门口，就当带孩子消磨时间了。于是，明明妈妈抱着试一试的想法，带着孩子走进了心理咨询室。

张霞通过与明明沟通，找准了孩子的问题所在，并结合病情，制定了一整套治疗方案。"张老师，这得花多少钱啊？"明明妈妈担心地问。"咱这都是志愿服务项目，不收费，虽然比不上医院专业，但是我们会竭尽全力。"就这样，经过一年多的心理治疗，明明的病情逐渐改善，已经能和正常的孩子一样健康生活与学习。

明明父母给社区赠送了锦旗，也表达了对张霞的感激之情："都是张老师的帮助，让孩子能够健康生活，社区也真是做了一件大好事，让我们做家长的心里的石头落了地。"明明妈妈还经常带着亲朋好友和身边邻居，参与到心语驿站的"沙盘疗法"。她经常对身边人说："来找张老师说说话，心里就亮堂了，这也是缓解生活和工作压力的好方法呀！"

渐渐地，辖区内未成年人、"两劳"释解人员、老年人等群体中，那些有心理问题的人，开始陆续走进心语驿站。

"两劳"释解人员邢某，因出狱后无法正常就业，产生了自卑消极的负面心理。社区工作人员了解情况后，联系了张霞，并说明邢某的情况。从一开始的严重抵触到后来的袒露心声，经过半年多心理咨询，邢某重新燃起了生活的信心。社区也多方辗转，帮助邢某找到了一份相对稳定工作，大家都说现在的他像变了个人似的。

这几年，心理咨询行业开始火了起来，原来与张霞一起参加学习培训的同学都开办了收费的工作室，有的还挣了大钱。有一些老同学来找张霞，希望她能一起加盟，还有的给她算了一笔账，如果这些年她要收费的话会赚下多少钱。张霞听后淡然一笑，她还是守着她的心语驿站，还是分文不收。

每个周六，张霞都会主动来到社区，即使自己的孩子周末要去参加辅导班，她也会把心理咨询室放在首位。在她看来，那些每周六来与她"聊天"的居民，才更需要她的帮助。

"你这样做不累吗？"老同学看她这么拼，忍不住问她。"的确很累，可很多居民还不能接受付费的心理咨询，我就在这个地方守着，让更多需要的人感受到温暖和阳光。"张霞回应，"我现在唯一亏欠的就是自己的孩子，但相信等他长大后，一定会理解我的，因为生活就是需要帮助与被帮助、感动与被感动，而且我也希望自己的孩子将来是个阳光的、能带给别人温暖的人。"

积小善为大爱，善莫大焉。这既是根植于中华民族精神血脉中守望相助的文化基因，也是志愿服务在新时代的生动体现。人人有爱，人人参与，人人受益，让志愿服务在城市中更加丰盈有力，让一座现代文明之城的市民树立更高层次的精神追求。

李波就读于金州区特殊教育学校，"六一"儿童节那天，他的姥姥托身边邻居王老师给民馨社区写了一封信。

"我家外孙是一名智力残疾、伴有腿部行动不便的孩子，每年学校运动会他不能参加，都会不开心。他父母在外地打工，我也没法带孩子参加运动会。可是今年不一样了，社区工作人员一大早就来接孩子去学校，轮流带着孩子参加了好几个亲子项目。虽然孩子不会表达，但是好久没看到他这么开心了，真是太感谢社区的好心人了……"

"看到孩子高兴的样子，我们也跟着开心，送孩子回家之前，大家还自掏腰包给李波买了一大堆好吃的。""陪孩子参加运动会是我们送给李波一份最好的儿童节礼物。"接到感谢信，社区工作人员觉得那天做的事情真是太有价值了，大家也都很欣慰。

文明是城市的灵魂，但文明不是抽象的，而是体现在每一处细节之中，折射于每个人的举手投足之间。

"我当年遭受意外卧床不能动的时候，有很多好心人和志愿者在我身边，他们给我送慰问品，帮我进行康复训练，如果没有他们，我也不能奇迹般站起来。现在虽然腰还没好利索，但是我能走能动，还有一份工作，我就想着尽最大可能去帮助别人，把我曾经感受到的爱和温暖传递下去……"

东山社区残联专干史振华因为一个偶然的机会走上了志愿者之路，然而这条路一开始却并非坦途。他不但要克服身体行动不便的困难，还要面对各种非议，从开始时饱受争议到现在人人称许，史振华用了十年的时间。

十年前，大病初愈来到东山社区的史振华，因为本身也是残疾人，就顺理成章地负责残疾人工作。因为身体的病痛，他比普通人更能设身处地为残疾人着想。工作时，史振华按要求落实好各项帮扶政策，下班后，他又变成一名志愿者，尽其所能地帮助残疾人排解困境。

金春玲是一名重度智力残疾人，与姐姐相依为命，史振华得知后，主动与区残联协调，帮助她家解决困难。金春玲家每遇大事小情，她的姐姐经常会第一时间给史振华打电话。家里墙皮掉了，史振华帮她刮大白，刷乳胶漆；卫生间使用不方便，史振华积极上报残联，给她家进行无障碍改造；年底分发米面油，金春玲没办法去领取，史振华就骑着电动车帮着送到家里。

郑伟南一家三口人，他本人患先天性肢体残疾，妻子为河南农户，因为无房，户口不能落入本市，儿子在技工学校就读。郑伟南的父母都已去世，他还要赡养一位在养老院的姥姥。家里的生活来源，只能靠妻子一人打点零工，以及领取少量的低保金。"这样的家庭真是太可怜了，既然让我遇到了，就不能不管。"史振华承诺道。鸡蛋挂面等食品不能断流，烧材燃煤按时供应，生活琐事帮助处理。史振华为了他的一句承诺，付出多少精力，倾注多少心血，这哪是一个"管"字就能简单涵盖的。

三年前，东山社区开展拆迁安置工作时碰上一户特殊的居民。孙明华离异后，自己带着女儿生活。孙明华身体不好，常年服药，女儿又是重度智力残疾，母女二人靠领取低保金维持生活。在安置新房时，孙明华向社区提出了许多具体要求：第一，房价不能高；第二，离市场近；第三，最好是二楼，因为女儿既害怕坐电梯，又害怕看见窗外来来往往的人。

社区里有些人感到不满："孙明华就是毛病太多，都像她这样，仗着自己家有残疾人就提一大堆要求，社区不用干别的了，就服务她一家得了。"这个时候，史振华站了出来："孙明华家情况我熟悉，她家选房子的事交给我吧，虽然她的要求有点过分，但主要原因还是经济条件不好，她的女儿又重度残疾，能帮就帮一把。"

帮助孙明华找房子的曲折之旅就此展开，在社区主任柳庆的支持下，史振华不停地在周边转悠，四处打听房源信息，又利用下班时间带着孙明华一个个小区实地查看，终于在体育场附近的小区找到一处符合她所有要求的房子。

房子找到了，但没有条件装修，导致母女俩迟迟住不进新房子。史振华又自己出资，亲自动手，给她家进行了简单的装修，并联系残联组织，为她家申请了房屋无障碍改造。"还得是小史，还是好人多……"在外人看来，平时不好沟通的孙明华，现在可是逢人就夸史振华。

前年女儿去世，孙明华成了独居老人。史振华依然和孙明华结成志愿帮扶对子，没事就去陪她唠嗑解闷。"老姐姐啊，你得照顾好自己，你得记着你不是一个人，我们社区所有人都是你的亲人。"

这就是志愿者，有时是伸手的相助，有时是温暖的微笑；这就是志愿者，有时是一个关切的眼神，有时是一个让人心生安宁的身影……他们都是生活在身边的普通人，就是这些距离最近的普通人，时时刻刻都展现着文明的深邃力量。

"小红，一会儿吃完饭你下楼溜达溜达，正好妈帮你把房间收拾一下。"谁知刘红的火暴脾气一下爆发了，饭桌上的碟子碗筷瞬间就叮叮当当地摔了一地。"小董啊，小红又犯病了，这可咋整？"听到刘红母亲电话里的哭腔，正在做饭的渤海社区残协委员董昱杉立刻关上煤气灶，一边匆匆往刘红家走，一边给楼长老战打电话，告诉她一起去刘红家。董昱杉心里也没底，要是问题严重的话，她怕自己一个人搞不定。

　　患有间歇性精神障碍的刘红，一直是社区里的"重点人物"。她戒备心极强，多年来过着几乎与世隔绝的生活，无论对家人还是亲友，都怀着极端的抵触情绪。因为有暴力倾向，很少有志愿者愿意和她打交道，但是董昱杉是个例外。

　　"我不想出门，谁也不能碰我的东西……"看到董昱杉，刘红还在嘟嘟囔囔自言自语。董昱杉知道，刘红始终固守着自己那方狭小而封闭的世界，不想从中走出，也不让别人走进。"我知道你害怕，可是那也不能摔盘子，看给妈妈吓得，她多担心你。"因为平时对董昱杉有好感，刘红的情绪慢慢舒缓下来，还拿起扫帚收拾起了厨房。

　　一场风波平息了。"小董，老战，谢谢你们，我这身体也不好，我要是不行了，小红可怎么办？""大姐你别愁，这不还有我们，还有社区嘛，一切会好起来的。"

　　第二天上班，董昱杉就把刘红的情况向社区主任张团一汇报了。"虽然我是刘红的专管服务员，可是她家情况特殊，刘红妈妈身体不好，再这么耗下去，她也吃不消啊。""那就再安排个专管服务员，对接刘红母亲，这样能更稳妥些。"

　　专管服务员是渤海社区志愿服务的专用名词。结合孤寡老人、残疾人、特困群体的实际需求，经过多方研讨，社区建立了扶老助困"137连连帮"志愿服务模式。

"1"天一个电话,一声问候。社区互助网络对接的志愿者成为专管服务员,每天向服务对象打电话嘘寒问暖。

"3"天一次家访,一次谈心。专管服务员每三天到服务对象家中走访一次,通过面对面沟通,让他们得到精神上的慰藉。

"7"天一次上门服务,一次卫生清洁。专管服务员每七天要为服务对象提供一次做饭、打扫卫生、购物或者陪同就医等服务。

董昱杉就是通过"137连连帮",担任了刘红的专管服务员。老战听说要招募刘红妈妈的专管服务员,就主动报名了:"我们住在一个楼,照顾着也方便,就交给我吧!"刚开始,董昱杉和老战按照"137连连帮"志愿服务模式,陪刘红母亲去医院买药看病,陪刘红谈心聊天。后来她们发现,刘红母亲的身体每况愈下,经过耐心沟通,社区工作人员联系刘红的亲属,帮助把刘红母亲送到福利院,这样既减轻了刘红的生活压力,刘红母亲也能得到更好的照顾。

"现在家里就剩下你自己了,你得照顾好自己,妈妈在福利院才能放心。"董昱杉轻声叮嘱刘红。经过半年多的努力,刘红已经可以走出家门,去买药买菜,还能独自乘坐公交车,去福利院看望母亲了。她走出了自己的天地,因为她看到了光，感受到了温暖。

"我们付出的不仅仅是时间和精力，更是我们的热情和爱心，要用心去倾听居民的故事，用心去理解居民的需求，用心去帮助居民解决问题。"在一次演讲中，董昱杉深有感触。

"刘红家的事算是圆满解决了，这就告诉我们，在民生问题上我们绝不是走走过场装装样子，要真的把居民放在心上。"张团一常常对身边的同事说。

周六一大早，八十多岁高龄的孤寡老人王桂兰像往常一样早早起床，把洗漱用品和换洗衣服装好，在家里等着肖秀珍来接她去洗澡。上午 8 点 30 分，肖秀珍准时敲开王桂兰老人的家门，两个人手牵着手走下楼，一路欢声笑语。

外人以为她俩是母女，但是左邻右舍都知道，肖秀珍只是社区"137连连帮"志愿服务项目中一名专管服务员。退休在家的肖秀珍是个热心居民，她经常跟着社区工作人员走家串户做"家访"。

肖秀珍看到张团一每个周日拎着买好的早餐，来到独居老人关阿姨家中，为她擦洗身子，换床单被褥，并帮她测量血压血糖；她也看到张师师利用午休时间，帮着李大爷晾晒白菜；她还看到很多热心邻居，都成了孤寡老人的专管服务员。于是她便主动请缨，对接了王桂兰和另外两位孤寡老人，陪着去洗澡，到卫生服务中心检查身体，帮着买米买面,用实际行动对身边人施以援手,以榜样的力量感召着更多的人加入"137连连帮"志愿服务项目中。

在越来越注重生活品质的现代人看来,节假日可谓是家人团聚、休闲娱乐的黄金时间,但社区工作人员和志愿者却难以从繁杂琐碎的事务中解脱出来,他们大多数时间都"泡"在服务对象的家中。

没有四面湖山归眼底,却有万家忧乐到心头。他们用双手捧起承诺,守望相濡以沫的温馨与幸福,凝聚血脉相连的亲情和力量。

志愿服务书写出城市文明的动人篇章,奉献、友爱、互助、进步的志愿服务精神从来不是抽象的定义,而是实实在在的自觉行动和深入人心的价值理念。照亮一座城,温暖无数人,志愿服务不断刷新着城市精神的海拔。

"23号楼的郝新美又在楼梯间烧纸,这次还拿刀在路人面前比画,我不敢去制止,太吓人了!"刚参加工作的小杨带着哭腔,在电话里对石磊说着,"我跟她前夫和孩子都沟通过,她的家人也不管,我真的没办法了。""好的小杨,你别害怕,郝新美就交给我。"

石磊给爱人打了电话:"我得晚点回家,有个居民在楼梯间烧纸,手里还有刀,别人制止不了,我得去看一眼。""这大冷天的,外面都黑了,也太不安全了。""不安全也得过去,她有精神问题,要伤了人就麻烦了。""那你在23号楼楼前等我,我不到你别单独行动。"石磊的爱人不记得这是第几次被动当起了"行侠仗义"的志愿者。

赶到之后,夫妻俩好说歹说,总算把郝新美劝回了家,又费尽周折,联系到了郝新美的嫂子。之后,经过多次协调沟通,社区工作人员与志愿者一起,把郝新美送到精神病医院接受治疗。

住院期间,无人照顾的郝新美又成为石磊惦记的"心事",她经常利用休息时间,让爱人陪她一起去医院,给郝新美捎盒饺子、送点水果,要不就是带点生活用品。

随着郝新美病情的好转,石磊带着最开始被吓坏的小杨去接她出院。"以前是我不好,把你们给吓着了,以后我一定按时吃药,不给你们添麻烦。"郝新美说。"郝姐,也是我工作不到位,你放心,以后咱俩就结成对子。"

东山路4号楼后面原来是泥土路面,冬天坑坑洼洼,夏天泥泞不堪,墙脚路面到处是果皮纸屑,杂草丛生。社区工作人员经过向城建部门争取,终于将这条路铺上了方砖。可是铺完方砖,路两边的各种垃圾反而更加显眼。

一个周六的上午,石磊和志愿者一道开展了清理垃圾的志愿服务活动。"小魏,你看那个手拿铁锹的志愿者,我猜他是石磊家姐夫?""这都戴着大口罩,你咋知道?"魏海燕反问道。"他那件志愿者马甲在消防演练时蹭上灭火粉了，石磊姐好顿给洗，结果洗掉色了，这事我知道。""别瞎操心了，看见没，现在都流行带着家属参加志愿服务了，你们这些年轻人，都要加把劲快点找个对象，志愿服务队就等着你们新力量啦！""这条路铺上方砖，就再也不怕下雨天了，下一步再发动志愿者，在路两侧种些花草，让小区的环境更靓更美。"

听着伙伴们开心的话语，石磊擦了一把汗，她在想，用爱心与双手共筑和谐友爱，并在志愿活动中收获快乐，这才是志愿服务的魅力所在。

让善被看见，让爱被感知，追随光，靠近光，成为光，散发光。许多社区工作人员在履职尽责完成好分内工作的同时，也加入志愿服务的队伍当中，不少人还把家属带进队伍里。

张慧是金润社区工作人员刘娜的丈夫，大家亲切地称他为"暖男娜姐夫"。社区每次搞活动需要"外援"时，"暖男娜姐夫"只要有空就会主动请缨，跟着刘娜一起来到社区，与大家共同忙碌着。他还经常展示自己的厨艺，在家里做好可口的饭菜送到社区，甚至谁的口味如何，都记在心里。不过他不太认可"外援"的称呼，说自己就是"内援"，是正儿八经的社区志愿者。

"这个除夕我值班，我们一家三口在单位吃的饺子，能以这种工作状态过年，还真是挺特别。"松苑社区李琳除夕在单位值守，望着窗外五彩缤纷的火树银花，她不由得惦记起家人。正在此时，门开了，李琳的爱人和孩子来送饺子了。"你俩咋过来了，不是说好你们要负责陪爸妈过年吗？""在家包完饺子，老人不放心你，还说我是社区志愿者，这种特殊日子得'上岗'。"说完就走进办公室，一家人围坐在办公桌旁，吃上了热气腾腾的饺子，也过了一个具有特殊意义的团圆年。

每年防台防汛，社区都要安排人员24小时值班值守。一次周六，正好赶上王莹莹值班，白天雨不停地下，社区的电话不停地响，一会儿是上级部门询问是否有险情，一会儿是居民各种求助，一天忙下来，王莹莹嗓子都哑了。傍晚时，突然狂风大作，天气预报中的台风准时登场，王莹莹的爱人白壮壮给王莹莹打电话，结果不是占线就是没人接听，白壮壮放心不下，就顶风冒雨来到社区。

一进门，白壮壮就看见王莹莹正在接电话，有居民反映辖区内多处防护围挡和树木被大风吹得东倒西歪，担心会砸到行人和车辆。白壮壮二话没说，拎着工具就往外走，他与王莹莹把防护围挡和树木加固好，又在周围拉上警戒线，还联系周边车主，及时将车子移走。回到社区，看到彼此都像落汤鸡一样，夫妻俩哈哈大笑起来。

汛期过后，街道负责宣传工作的王峰想制作一期视频，宣传一下防汛中表现突出的志愿者，当时就有人推荐了白壮壮。摄像机架在面前，白壮壮稍显紧张，但还是说出了自己的心里话："原先挺不理解我媳妇，总是加班加点，忙不过来时还把我拖进社区，后来和她一起忙活，我才发现被人需要也是件很美好的事情，她为居民做实事从不懈怠，我作为家属也不能落后。以后我们两口子必须风雨兼程，一路同行。"

每年的12月5日是国际志愿者日，"微光可成炬，大爱映苍穹"，很多社区人的朋友圈中，都有数不清的感悟与行动，用以向志愿者致敬。

在交通路口，有志愿者协助疏导交通，向行动不便的行人伸出援手；在敬老院，有志愿者上门看望慰问，给老人带去温情；在困难群体中，有志愿者扶弱帮困助残，让困境之中的人们看到希望；在各种重大活动中，有志愿者微笑指引，提供帮助……

尘埃之微，补益山海；萤烛末光，增辉日月。每一名志愿者就像一颗星，星光点点汇成璀璨星河；每一名志愿者就像一滴水，涓涓之水涌向浩瀚海洋。

"无穷的远方、无数的人们，都和我有关。"鲁迅先生的这句话很适合用在志愿服务上，因为社区里的每个人都是无法割舍的"命运共同体"。同甘共苦，和衷共济，众志成城……这些成语为生活在同一社区里的人们指明了方向。

奔赴

文明,是城市底蕴的生动再现,是城市精神的凝练表达。城市生活井然有序,文明实践浸润心田,志愿服务温暖人心,好人好事层出不穷……一幅以"文明"为底色绘就的幸福画卷徐徐展开。

"厚植道德沃土,凝聚向善力量,让文明之花尽情绽放,让文明之果惠及千家万户。"这句话,每周都会出现在社区道德讲堂的活动现场。

社区设立道德讲堂的目的很简单,就是寻找各行各业的道德典型,不论身份和职业,不分年龄和性别,只要是在文明实践方面有闪光点的,都会被邀请到讲堂上,讲述他们的故事。没有华丽的语言,不用娴熟的演讲技巧,他们以最朴实的话语和一颗真诚的心，就能通过自身经历，引发居民的共鸣。

道德讲堂有着特定的活动流程，包括自我反省、行崇德礼、唱道德歌曲、填写善心善愿卡等。最开始社区工作人员觉得这形式有点"假"，但是真的推行起来，却发现这种仪式感反而受到居民的欢迎。

聚鑫社区的道德讲堂邀请过这样一位身患癌症的老人，他的名字叫薛富治。

一首道德歌曲《三德歌》拉开了道德讲堂的序幕，参与者对照屏幕上"仁、义、礼、智、信"五个字，默默地反思自己在工作和生活中的得与失。接着，大家观看了电影《好人郭明义》，大家对郭明义的善行善举有了更深入的了解，社区志愿者结合学习郭明义，分享了自己积极参与志愿服务的故事。重头戏来了，当薛富治老人被社区工作人员搀扶着走进会场，受到全场的热烈欢迎，提前约好的电视台记者更是把镜头早早对准了这位老人。

薛富治的儿子曾经经营一家个体商店，专门销售和维修太阳能热水器。四年前，儿子因患肝癌去世。突如其来的打击让薛富治老两口难以承受，不久，薛富治的老伴儿因为思念儿子悲痛过度，患上了肺癌。

有一天，儿子生前的一个客户经多方联系，找到薛富治老人，称自己曾在店里购买了一台热水器，现在出现了

223

小问题，由于还在质保期内，本应得到免费维修，可是现在店老板去世了，售后问题不知如何解决。薛富治得知后二话没说，当即就跟随客户去维修热水器了。

薛富治事后想，儿子唯一给自己留下的念想，可能就只有这些未满质保期的热水器了。于是，他保留了儿子生前的手机通讯录，回应着每一位客户的电话，也处理好每一台有问题的热水器。六十多岁的老人有时扛着热水器爬上楼顶，有时冒着严寒酷暑更换零部件。他维修热水器只收取零部件的成本费，遇上家庭困难的客户，甚至连成本费都免掉了。

祸不单行，后来老伴儿因病去世，薛富治自己也被查出患有颌骨癌，由于没有及时治疗，已经到了晚期。这样的打击，换作一般人，恐怕早就被击垮了，可薛富治却还在惦念着那部分没过质保期的热水器，继续拖着病重的身体四处维修。对于已经过了质保期的产品，他也从不拒绝维修，不顾自己化疗后特别虚弱的身体，依然有求必应。就这样，薛富治从一个诚实守信的好人，成了帮助别人排忧解难的志愿者。

"人总会有死的时候，但只要活着，就要说话算数，我们家出售的热水器质保永不过期，我对大家的帮助也永不过期……"当老人用颤抖的声音说完这段话，在场的人们都流下了热泪，经久不息的掌声也回荡在道德讲堂里。

在最后一个填写善心善愿卡环节，很多人没有按照以往惯例简单写出几句名言，而是密密麻麻写满了个人感悟："人生在世，哪能都顺风顺水，难免会有磕磕碰碰，常人往往只想到困境窘迫，而薛富治老人却让我们看到一种自强不息的强大力量。""感动是什么？它是一种力量，如梦想芬芳，如阳光温暖，给予向上的理由，指引向善的方向。"

"我的眼睛有点花，麻烦你帮我写几句话。"一位老人对社区工作人员说。还有一个跟着奶奶来的小学生，尽管还不能完全理解现场略显悲切而又振奋人心的气氛，也在桌上拿起一张空白的卡片，认认真真画了一朵小红花送给薛富治，并写道："爷爷，我不会写那么多字，但是我以后一定做个诚实的好孩子。"

道德讲堂活动结束后，很多居民给社区打来电话，想给薛富治捐款捐物，但是都被拒绝了。"老人家说了，他只是希望通过自己的故事，告诉我们做人要讲诚信，逆境要有希望，大家可以把钱物捐给更需要的人。"居民一听不能捐款捐物，就纷纷要求参加社区的文明实践活动："听说咱社区有个八嫂服务队，我们也想加入。"

不只薛富治，每一个社区都选出道德典型，陈昱竹、肖秀珍、薛代艳、宫玉珍……有的见义勇为，有的助人为乐，有的诚实守信，有的孝老爱亲，有的敬业奉献……越来越多的文明事迹被发掘出来，越来越多的普通人成为人人赞颂学习的榜样。

道德讲堂以"身边的好人讲述身边的故事"为主打品牌,邀请道德典型走进社区,让每个典型都成为引领文明走向的路标。

社区是城市建设的最小单元,社区文明建设是城市文明建设的基础性工作。从便民服务到义务奉献,层出不穷的各类好人传递着见贤思齐的道德精神;从扶老助残到公益慈善,相继涌现的道德模范释放着大爱无疆的文明星光。

让行善者行动,用行动呼唤爱心;让感恩者感召,用感召传递温暖。"社区人"首先要做文明的参与者、传播者、引领者,他们的所作所为或许微不足道,可就是生活中一个小小的善举,却能温暖一个人,感动一座城。

燥热的夏天真是酷暑难耐,哪怕一动不动都浑身是汗。孔君怡把抽屉里的防晒喷雾拿出来,在身上使劲喷了几下,又穿上防晒衣,戴上遮阳帽,尽管此时地表温度估计能达到40摄氏度左右,即便天气如此"热辣滚烫",她仍旧往自己的网格方向走去,这是她每天雷打不动需要完成的巡查任务。

"为了准备纳凉晚会,下午还要排练节目,我赶紧把今天的巡查任务搞定,一会儿捎个西瓜回去,中午给大家解解渴。"孔君怡掏出手机,告诉鑫润社区的同事。"小孔,刚想跟你说这个事,真是心有灵犀啊,我们就等你带又大又甜的大西瓜了。"

看到同事的回复,孔君怡一边哼唱着"所有花都为你开,所有景物也为了你安排……"一边加快了脚步,还在脑海中想着水灵灵的西瓜那丝甘甜凉爽。

到底是年轻人,只用半个小时便巡查完毕,打道回府。刚走到小市场附近,孔君怡就见到有几个人围在一棵树下比比画画。这个带上孜然都能把自己烤成肉干的大热天,大家聚在一起干啥呢?

"坏了,是不是有人热得中暑了?"孔君怡忽然想到,大汗淋漓的额头上又沁出一层冷汗。她连忙跑过去,扒拉开人群,只见一位看上去六十多岁的大娘正坐在地上。还好没有晕倒,孔君怡松了一口气。再仔细一看,大娘的脸上还有水珠,看着她悲伤的表情,不像是中暑,分明是刚刚哭过。

"大娘,我是社区的,你这是哪儿不舒服?""俺……呜呜呜……"听说来的是社区的人,大娘忍不住又哭了起来。"小孔啊,这老大娘一早上就来卖桃子,好不容易卖光一筐,谁知手忙脚乱,把五十块钱弄丢了。"旁边的人对孔君怡简单说了事情经过。

就区区五十块钱,至于哭成这样?孔君怡心里默默想着,不过她的诧异并没有表现出来,而是连忙说:"你先别难过,这大热天别中暑了,我帮你再找找。""闺女啊,俺都找了好几遍了,俺家老头子起早摘下的桃子,好不容易卖了点钱……"没等说完,大娘又掉下眼泪。

孔君怡看到旁边筐里还有一些桃子,便灵机一动说:"大娘,钱丢了也没有办法,要不你卖给我点桃子?"听孔君怡这么一说,大娘好像也只能接受现实,拿起袋子给她装起桃子,放在秤上:"闺女,这些够不?十六块八。""够了够了,给你钱,别找零了,这回钱可放好了。"孔君怡递过去二十元钱,趁大娘想低头找钱的工夫,她赶紧离开了摊位。在她的带动下,围观的居民也纷纷买起桃子,剩下的一筐桃子很快就卖完了。大娘小心翼翼把钱装进塑料袋,紧紧地攥在手里,不停地道谢。

回到社区,正好赶上午饭时间,同事看到孔君怡手里拎着一袋桃子,问她:"说好的大西瓜呢?我们可都等着呢!""唉,别提了。"孔君怡一边擦汗洗手,一边把大娘丢钱和她买桃子的事复述了一遍。

自小家境窘迫的于秋风,凭着多年的生活阅历,一听就觉得不对劲:"小孔,你明天去网格的时候要是再遇到这位大娘,仔细摸摸情况,为了五十块钱坐在地上哭,应该是家里有什么难事。"

"我问明白了。"第二天,孔君怡急急忙忙跑回社区。

原来这位大娘姓孙,老家是华家屯的,老伴儿在乡下种地,她和儿子住在金润小区86号楼,儿子身体不好,也没有工作,儿媳半年前改嫁了,孙大娘只能从老家过来照顾儿子。家里的生活来源就靠农村的几棵果树和一块菜园。每天老伴儿把家里自产的瓜果蔬菜,通过长途客车捎到城里,大娘接到货,就在附近的市场售卖。

"五十块钱对于她家来说,真的就是一笔'巨款'。"同事们围拢过来,觉得这一家人太不容易了。

"小孔,你要了大娘的联系方式没?""要啦,我又买了五斤黄瓜,也是她家种的。""你给大娘打个电话,就说她家桃子特别甜,菜也新鲜,社区的同事都想买点。"于秋风吩咐着,"等我们再进一步了解她家的情况,看看能不能从政策层面帮一帮。"

"我来三斤黄瓜,十个西红柿!""那我要五斤桃子吧!"大家争先恐后地报数,孔君怡拿本记好,又给孙大娘打电话。"闺女,真不知道怎么感谢你们,俺明天准时送过去。""不用送,你就在老地方等着,我们自己去取。"

周边的居民知道后,也希望能帮帮孙大娘。社区牵头建了一个"爱心买买群",大家每天在群里接龙购买果菜。考虑到孙大娘不会使用智能手机,社区又主动揽下新的"业务",安排专人负责对接,每天把所需果菜的品种数量统计好，一起交给孙大娘。

　　还有热心人帮着介绍医生，又过了三个多月，孙大娘儿子的病情也有了改善。于秋风联系小区物业，经理很爽快地答应，让孙大娘的儿子试试保安工作，还要求把他也拉进群，表示自己也想买点水果献上一份爱心。

　　这件事情是由社区的年轻工作人员发起的，于秋风觉得很欣慰。一茬茬年轻人加入社区后，业务的传承固然重要，但在他们的心田里，更需要播撒人文关怀的种子。

　　于秋风以帮助孙大娘这件事为原型，创作了小品《还是好人多》，她还自告奋勇上台表演，因为亲身经历，所以完全就是本色表演，亲和力、感染力自不必说。小品共计演出三十多场，场场赢得观众的热烈掌声，还获得了全市曲艺作品表演一等奖。

　　城市有灵魂，人民有向往，生活有质感，文明实践是一场没有终点的幸福接力，也是一项永不落幕的民生工程。一座文明之城必然与人民对美好生活的向往"同频共振"。

　　"这里原来是金州纺织厂职工宿舍，这里原来是老水泥厂，现在都成为我们居住的小区。"年逾古稀的薛家玺一边指着老照片，一边讲解着城市的沧桑巨变，居民们也在照片中兴致盎然地找寻自家所处的位置。这是康居社区在典尊教育大厦举办的一场读书会——"回忆老照片，讲述金州的那些往事"。

薛家玺是一位著名摄影家，作品多次在国家级比赛展览或获奖，出版了《梦迴金州》等四部摄影作品集。为了丰富居民的文化生活，社区邀请了家住康居小区的薛家玺参加这场读书会。

一张老照片定格一个瞬间，珍藏一段回忆，蕴含一个故事，无数精彩的瞬间，汇聚成波澜壮阔的时光长河。听了薛家玺讲述家乡的"前世今生"，现场的居民跟随光影，追忆城市转身而去的背影，寻觅岁月渐行渐远的足迹，更在交流互动中拉近了邻里之间的距离。

这也是"五彩康居"文明实践活动的一项内容，宋炎哲作为这项活动的组织者，从部署到实施，每一个细节她都不辞辛苦地忙碌着。

五年前，宋炎哲这位"90后"年轻人，用稚嫩的肩膀，扛起了康居社区主任的重担。上任后，宋炎哲不满足于仅仅完成日常的工作，总是独辟蹊径，琢磨一些既出彩又不落窠臼的新思路。在她的精心策划下，社区倾力打造了"五彩康居"品牌，把各项工作融入文明实践当中。

"信仰之红"践行精神，筑牢思想防线；"温暖之橙"关爱民生，开展联动服务；"活力之绿"共治环境，共享生态文明；"防范之蓝"化解矛盾，促进社会和谐；"榜样之金"

发挥引领，争做时代先锋。注重规定动作与自选动作，将共性需求和个性服务相结合，"爱绿护绿""烛光映夕阳""红蔷薇"等多支志愿服务队相继成立，"鲜花相约文明""烛光映夕阳""绿行1+1"等特色服务项目走心走实。"有一种温暖人心的力量，叫文明；有一股汇聚力量的新风，叫实践。"这是《辽宁日报》对康居社区文明实践活动报道中的一句话。

既然是文明实践，实践的意义就尤为重要，宋炎哲成为活动的策划者和引领者。"我父亲去世了。""叔叔走的时候受罪吗？""没怎么遭罪，卧床这么多年，给咱社区添麻烦了。"放下电话的宋炎哲哭得像一个孩子。打来电话的是辖区一位老人的女儿，她自己在外地工作，家中只有年迈的母亲照顾着长期卧病在床的父亲，宋炎哲在走访中得知老人家中情况之后就添了"心思"，有空就往那儿跑，帮助照顾老人，收拾家务，还经常给老人买来自己平时喜欢的零食。

"我家楼上的水管爆了，家里还没人可怎么办啊，厨房全都淹了。"深夜11点，正在值班的宋炎哲接到电话，她穿上衣服就跑到居民家中。来到现场后，她才得知楼上的居民将这处新买的二手房装修完毕，全家就回黑龙江了，房子的备用钥匙放在聚鑫小区他的朋友家中。因房主朋友电话一直处于关机状态，宋炎哲只得亲自去聚鑫小区，找到房主的朋友，拿来钥匙打开门。等现场所有事情都处理完毕，天都蒙蒙亮了。

"我妹妹药吃错了，把糖尿病和甲亢的药混着吃，中毒了，这可咋办？"宋炎哲下班还未回到家，半道上就接到电话。社区里总有一些意想不到的事情发生，给宋炎哲打电话的是姐姐，出差在外地，家里除了有病的妹妹，没有其他人，只能求助社区。宋炎哲开车将病人送到医院，又安排社区工作人员前来帮助照顾。

宋炎哲的父母至今还保存着宋炎哲过年发来的微信。"爷爷奶奶、爸妈，大年三十的值班结束了，但我还不能马上回家，要去边边角角的地方再检查一遍安全隐患，还要到几户重点对象家走访看望。天黑前要是还没回去，你们也别着急。"

"长这么大，头一次缺席了团圆饭，家里十来口人都很惦记我。"宋炎哲对一起值班的于伟伟说，"接下来的走访你就不用去了，快回去跟家人团聚吧，我一个人来代表社区所有人的心意。"

其实，宋炎哲的家并不远，从社区回去，就算步行也只需二十多分钟，可是给自己安排了除夕值班任务的她，从早上到单位就开始忙碌，一直没有闲下来。

最强烈的感召就是主动亮身份的感召，最坚定的身影就是甘愿作表率的身影。低保家庭的冷暖是宋炎哲的牵挂，她带着买来的水果来到路元军家。路元军的老伴儿一看到宋炎哲，就像看到了自家姑娘一样，拉着她的手唠起了家常："你这孩子啊，干起活来不管不顾，大娘多心疼啊……"

从路元军家出来，宋炎哲又来到防火值班点位，替换值班志愿者，让他们先去吃饭。"我不着急回家，家里的饭啥时吃都行。"宋炎哲笑着说。

在网上有这样一个帖子，生动而形象地描写了社区工作人员忙碌不息的样子，让人在捧腹一笑的同时油然而生敬佩之情。"社区干久了，爹妈认为你不孝，总是忙；爱人认为你没爱，顾不上家；亲友觉得你不亲，少有时间来往；朋友觉得你很装，经常不联系。其实我们只是在社区拼命地工作……"

在外人看来，这样的描述或多或少有些夸张的成分，但是对于社区工作人员来说，这完全就是他们殚精竭虑帮千家事的生动素描，就是他们夜以继日解百姓难的真实写照。

亚里士多德说："城市，因人类寻求美好生活而诞生。"文明实践，归根结底是为了保障和改善人民生活，增进人民福祉。一座城，该有怎样的底色，才能映衬出五彩斑斓的图景？一座城，该有怎样的品格，才能让千万市民齐心协力、众志成城？答案就是：文明。

"女人吃了烤地瓜，身材婀娜美如花，男人吃了烤地瓜，英俊潇洒帅掉渣。""大金链子小手表，一天三顿小烧烤，若要夏天过得好，烤串绝对少不了。"夜市入口第一家是个烤地瓜的摊位，第二家是烧烤摊位，喇叭里循环播放的叫卖声伴随着地瓜和烤串的香气在空气中扩散着。

夜市往里依次是活蹦乱跳的杏树屯虾爬、嘎嘎甜的八里大樱桃、鲜活肥美的蚂蚁岛金刚蟹、大黑山的野生山麻楂……应有尽有，各路山珍海味琳琅满目。

再往里走，各色小吃让人眼花缭乱，炒焖子、麻辣烫、水煎包等摊车挤挤挨挨，还有美甲美睫、服饰、玩具……音乐声、叫卖声、讲价声，随着人潮一起涌动。

这里是响泉社区紧邻居民区的一条街巷，前些年就有零星的流动商贩在此出没，由于占道经营等问题影响了交通和市容环境，摊贩与城管人员彼进我退，博弈了很长时间。后来摆摊设点的越来越多，就渐渐自发形成了一个马路市场。

马路市场不能放任不管，城管部门想予以取缔，因为涉及文明城市创建，社区工作人员也配合反复清理。许多居民就找到社区，认为他们在多管闲事，以往下班随手就把菜果买了，如果把小摊小贩撵跑了，自己则要绕道到很远的超市去购买，价格又贵还费时间。

实际上，摊贩的存在的确给居民的日常生活提供了便利，莫不如从"单一取缔"变"便民疏导"，既"严格执法"又"柔性管理"。

社区把问题反映给街道办事处，又争取城管部门的支持，就将马路市场改造成一处夜市，每天定时定点经营，并成立了管理机构。

夜市成立之初，摊贩不用提心吊胆东躲西藏，都能按照规定摆摊收摊，管理人员也尽职尽责，出现争议都会及时妥善处理。

好景不长，没过多久问题来了，摊贩先是不遵守时间规定，说好的夜市，从中午就开始了，甚至变成全天候，直到深夜还有摊位在经营，产生的油烟和噪声影响了附近居民休息。随着时间的推移，更多问题接踵而至，部分摊贩使用的塑料袋、一次性餐具等物品不能及时处理，还有的摊贩见缝插针乱停车，使原本就拥堵的道路变得更加寸步难行。

这真是一道让人欢喜让人忧的风景，喜的是这些活色生香的摊位让生活气息更加浓郁，忧的是破坏了市容及环境卫生秩序，这也是文明城市管理中最为头疼的问题。

问题面前，部分居民再也顾不上便利不便利，没少给市长信箱、媒体、热线反映投诉。相关部门一碰头，认为主要是属地责任。

"属地"是这些年社区最怕听到又躲不过去的两个字,就像孙悟空的金箍棒,只要在地上画了一个圈,你的责任就逃不掉了,天大的事和针鼻小的事,都脱不了属地的干系。其实社区也难,没有执法权,不能老玩"猫鼠游戏",回到"游击战"的年代更不可能,单单依靠口头劝说,效果可想而知。

如何确保"地摊经济"真正融入城市肌理?如何在为"地摊经济"松绑的同时,破解城市精细化管理的难题?如何将每个人的小期盼融入城市的大情怀,让个人发展与城市繁华同频共振?

好在有个"社区吹哨,部门报到"的机制,那就"吹哨"吧,涉及夜市管理的市场监管、综合执法、环境卫生等行业主管部门都来了,与居民和商贩代表坐在一起,商讨如何找到一条共赢之计。

社区通过系统谋划,明晰了商户守则和管理细则,划清了摊位范围,明确了经营时间和卫生标准,确保摆摊设点不挡道、不扰民。摊贩开始严格遵守卫生责任制,不再乱扔垃圾,经营时间也都得到保证。执法人员对沿街私搭乱建等"乱象"进行了清理规范,以保持市场的干净整洁。

"老板,这里是消防通道,咱把桌椅往后撤一撤,既不占用消防通道,也不影响你做生意。"社区工作人员在巡视中发现问题,会让商贩改正。

"卖完这一单，马上就走。"一位中年男子把烤肠的炉子摆在街边，见社区工作人员前来劝离，有点不情愿。"您这儿不是市场的范围，要都这样把路给堵住了，这个城市不乱套了吗？我们帮你收拾。"社区工作人员一边耐心做工作，一边挽起袖子，帮摊主将炉子抬到身后的三轮车上。

"市场那边打起来了，看样子要动刀子，你们快去看看吧。"一天，社区主任唐晓琛带着大家在花坛清除野草，网格员跑过来焦急地说。

原来是一位倒腾海鲜的摊主，经常把脏水泼到地上，天一热会散发出阵阵腥臭味，影响了旁边凉粉摊的生意。行人可以掩鼻走过，摊位却是固定的，凉粉摊摊主没少责怪海鲜摊摊主，时间一长，你看我不顺眼，我瞅你招人恨。这一天，双方生意都不太好，于是就由横眉竖眼地说着风凉话发展到拳脚相加地发泄积怨。

社区工作人员赶来时，厮打的双方已被众人分开，但是嘴里还都喋喋不休，互不服气。"你这些脏水随意泼倒，本身就违反了管理规定，如果不能改正，只能让你退出了。"唐晓琛先是批评了海鲜摊摊主，又跟市场管理者商议，为凉粉摊调换了位置，毕竟将这两个摊位放在一起还是不合适的。

"我就卖点自家的辣椒茄子，就跟我收钱，我不交！"

附近七里村一个姓王的村民来到社区气呼呼地说。因为要供两个孩子上学,家里的经济条件也紧张,他想把刚下来的蔬菜卖掉,赚点零花钱,可市场管理方非要向他收取摊位费。

唐晓琛问明情况,找来市场管理者,要求对那些在夜市出售自家农产品的,还有残疾人等困难群体,都要免除相关费用。小小夜市,关系着许许多多普通人的生计,谁都有自己的酸甜苦辣,必须了解每一位摊贩的无奈与困顿、苦衷和不易,给那些在困境中挣扎却又不放弃梦想的人们多一分温暖和关怀。

《史记·平准书》云:"古人未有市,若朝聚井汲水,便将货物于井边货卖,故言市井也。"柴米油盐,聚拢起是烟火;市井风情,摊开来是人间。一方面是普通人的生计,一方面是规范有序的"烟火气",这要求每一个参与者合力创建一种有规则更有温度的城市管理新模式。

看得见的文明成果呈现眼前,数不清的文明瞬间留驻心间。以民为本,是贯穿文明城市创建的主线;人民满意,是检验文明城市的标准。

在信息摸排过程中,社区主任逯相辉发现万科城小区的居民中,现代白领居多,退休人员居多,还有相当多的"宝妈"群体。

万城社区成立后，各项工作紧锣密鼓地推进着，许多居民也参与到志愿服务和网格工作中。三十多岁的小于是一个全职"宝妈"，女儿是个古灵精怪的小可爱，小于经常带着孩子来社区，能帮着干点啥就干点啥。

这天母女俩拎着一盒草莓来到社区，小于照例去帮着录入居民信息档案，小可爱悄悄地趴在逯相辉耳边说："妈妈今天不开心，和爸爸吵架了。"说完还小心地比画个"嘘"的手势。

逯相辉不动声色，等她们离开社区才问起小于所在楼栋的网格员："平时感觉他们夫妻感情挺好，怎么突然闹起了别扭呢？""别提了，都是没有工作惹的祸，结婚前说养着媳妇，结婚后又嫌媳妇不赚钱，小于也是有点窝囊。"

"要让我说，这女人没工作还真就不行，在家里没地位。""没工作咋了，带孩子做家务不也是一种劳动，不都是为家里作贡献？""结婚前的甜言蜜语不可全信啊，精神头还得自己长。"这个话题一抛出，社区里面正方反方就开始激烈争辩，一时难分伯仲。

逯相辉听后没有插嘴，她由小于这个个体想到类似的人群，孩子小没人照顾，工作不好找，时间久了就会引起家庭矛盾。"莎莎，你去调查一下，看看整个社区有多少像小于这种情况的，我们要留意一下有没有适合她们的岗位，再想想还有什么高招。"

第二天，刘莎莎对逯相辉说："初步了解就有五十多位，我昨晚上网查了外地的一些做法，又琢磨半宿，觉得可以搞个巾帼创业小基地，就地就近解决她们的就业问题，可惜没有可以利用的场地。""看来你真是动了脑筋，先提出表扬。至于场地问题，咱楼上就有活动室，还是多功能的，完全可以用上，你赶快拿出个方案我们讨论讨论。"逯相辉也觉得这个办法不错，可以尝试一下，如果参与的人多了，也算是就业创业的新思路。

"现在正是文明城市创建期间，我们不能总是把思路固定在以往搞搞环境治理、清理小摊小贩、贴贴标语上面，其实创建活动并非不食人间烟火，也不是干巴巴地说教，恰恰要让居民实实在在感到变化，得到实惠。"逯相辉召开社区会议，与大家交流着想法。"还真是这样，上个周末我们出去宣传创城工作时，不少居民还冷嘲热讽，说我们净整些虚里冒套的东西，根本没把百姓的生计冷暖挂在心头。"毕雪静接过话头。

"这次我们就来真格的，莎莎你跟大家讲讲。"刘莎莎把方案进行了详细讲解，社区工作人员全票通过，还给活动室起个名字——万城社区零工驿站。

经过简单的收拾，零工驿站正式"营业"。来"打工"的主要是时间灵活的全职"宝妈"和退休人员。第一批活儿就是挑拣木质餐具，简单易学，手工计件，因为零工驿站就设在社区，可以灵活选择工作时间，实现家庭工作两头兼顾。成品完成后，社区随时随地联系工厂回收，并计件支付报酬，越来越多符合条件的居民都过来应聘。

逯相辉还在惦记着小于，看着名单里没有她，就给她打电话。"我离开工厂好几年，怕自己干不了，就没敢报名。""这有什么，退休人员都能干，你手头也快，最主要的是还不耽误照顾孩子，赶紧来试试看。"

第一天统计工作量，小于就赚了六十多元，虽然钱不多，但这也是打开了一扇生活的大门。"逯姐，我突然觉得自己还有用呢。"小于对逯相辉说，"以前因为家里没帮手，一直都是自己带娃，没有合适的工作，爱人所在的厂子前段时间订单不足，家里生活压力也越来越大。现在有了这份零工，时间也自由，既能帮忙减轻家里的负担，也不耽误带娃，真心感谢社区为我们解决了就业难问题。""那当然，你把小可爱照顾得多好啊，我们都是伟大的'半边天'，日子会越过越好的，相信自己。"

因为到零工驿站工作的女性居多，社区又结合妇联组织的活动开展了"巾帼创业就业促进行动"，成立了巾帼志愿服务队，主旨就是拓宽女性家门口就业渠道，帮助辖区妇女实现灵活就业。

社区又发挥"联"字优势，利用各种社会资源，联系了附近一些有需求的小型加工厂，承揽相关业务。社区工作人员还在现有零工驿站的基础上开发自己的文创小礼品，请那些有手工特长的姐妹们手把手传授头花粘贴、竹编、缝纫等技术。大家对自己精心制作出来的作品爱不释手，首批饰品销售火爆，其中胸花类小礼品很快便售罄。

看着红红火火的零工驿站，居民都反映，社区真是做了一件有意义的事情。现在好多全职"宝妈"送完孩子上学，就能来做手工挣一笔零花钱，精神状态也好了很多。"以前不挣钱，在家都没有底气，整天没事干也无聊，现在有了零工驿站，能照顾孩子，还能和姐妹们一起说笑一起赚钱了。"小于更是逢人就说，还把爱人带来参观了一圈。

越是细微处，越能彰显为民服务的温度，越需要拿出实招硬招。在这个小小的社区驿站里，妇女们获得了新技能，实现了自我价值，她们也感觉到踏实和快乐，从而托起每家每户"稳稳的幸福"。

大街小巷文明有礼，井然有序；邻里之间和睦相处，守望相助；城市温暖和谐开放包容，市民心怀阳光日行一善。以奉献精神点亮城市文明，以幸福之城标注城市文明，以文化底蕴润泽城市文明。

没有知了在树上鸣叫，没有蝴蝶停在秋千上面，但丝毫没有影响孩子们快乐地玩耍嬉闹。这样一幅兴高采烈的画面为小区增添了生动而又斑斓的色彩，期末考试后第一天，假期补习班还没有开课，这是孩子们最开心的时刻。

可到了晚上，许多孩子便听到家长们几乎统一口径地说，不要再野玩了，社区为你们专门策划了一个活动，明天都去广场看看。实际上，听说社区还要继续组织红领巾楼道长实践活动，这些家长早就给自家孩子报了名。

第二天上午，金润社区的小广场上，三十名孩子按高低年级，齐刷刷站成两列，举行红领巾楼道长交接仪式。一位高年级学生将红袖箍摘了下来，戴在对面小同学的胳膊上："我现在把红袖箍给你戴上，你就是新的楼道长。"接着，又把一枚红色徽章别在对面小同学胸前："还有这枚小徽章，这可是我去年优秀楼道长的奖章，也一起给你，你可得留住，等你小学毕业了再传给下一任。"其他孩子也都一对一，同时进行了交接。

这个活动既好玩，又能帮社区干点事，可比天天去补习班有意思多了。那些没有被选上的孩子围着社区的叔叔阿姨，既羡慕又好奇地发问："我怎么才能当上楼道长？老师说要是能当上，学期综合测评还给加分呢。"

王英民拿着手持喇叭："孩子们安静一下，这个楼道长是你们的爸爸妈妈在网格群里报名的，因为每个楼道只有一个名额，暂时没当上的同学也不要气馁，大家还可以当小小志愿者，一样能参与活动。"

　　安排这样的活动可不是一句简单的话，需要孩子们的参与，更需要家长们的支持。三年前，在文明城市创建过程中，社区发现有些大人参与热情不高，于是就将"主意"打到了孩子们的身上。孩子是家里的"小主人"，让他们成为小志愿者，小手拉大手，就能带动家庭成员支持社区活动，共同建设美好家园。

　　社区与位于辖区内的金润小学多年来合作默契，一起开展了很多有意义的活动，王英民首先想到了学校。"高校长，你看我们这个志愿服务活动怎么样？""真是太好了，相当于给孩子们一个难得的社会实践机会，我们一起发动一下。"

　　红领巾楼道长实践活动正式启动，社区联合学校一起发布了招募令，得到孩子和家长的热烈响应，纷纷报名参加。根据孩子的年龄和居住地，首批楼道长155名，对他们实行网格化管理，还设立8名指导员，由社区工作人员担任。

　　启动仪式上，孩子们按网格小分队，依次上台接受聘书和臂章。王小媛小朋友作为代表，在台上发出倡议，号召大家发挥"小力量"，凝聚"大能量"。家长代表周立明也是一名志愿者，他表示要率先示范，为孩子做个榜样。

　　经过简单培训，楼道长正式上岗，开始参与楼道管理、监督垃圾分类、劝导不文明行为、维护环境卫生等工作。红领巾楼道长实践活动一直坚持，孩子们的热情和干劲也毫不含糊。

"阿姨，您知道社会主义核心价值观的内容吗？让我来给您讲一讲吧！"手里拎着菜的李女士着急回家做饭，可是看到和自己女儿一样大的孩子，正有模有样地提问，她不忍心拒绝，于是说："那你给阿姨背背，我觉得你不一定能背下来呢。""富强、民主、文明、和谐……"没想到小家伙一字不落背了下来，李女士放下菜，给孩子热情地鼓了掌。

"奶奶，你这包是厨余垃圾，得放到这个桶里。""你这孩子，我这不是着急带你去公园玩滑梯吗？"孙子小明整得窦奶奶面子有点磨不开。"着急也不行，我得给你讲讲垃圾分类标准，不然下次我不在，你扔错了怎么办？"看着小明一本正经地给奶奶上课的样子，周围的人纷纷点头连连称赞。

一天，退休的刘老师气冲冲来到社区，上来就是一顿埋怨："你们真是想一出是一出，弄得我孙女在家里写作业时，心里就像长了草。"刘老师以前对社区活动都挺支持的，这次孙女考完试就去乡下爷爷奶奶家了，回来后非要和同学一起参加活动。可在刘老师眼里，孩子完成作业，才是压倒一切的优先选项。

"这个活动都是自愿参加的，就是想让孩子过一个丰富多彩的假期，不要整天埋在书本里，不妨让你孙女跟着活动一天，看看会不会影响写作业。"接待她的吕圆圆说。"奶奶你先回家，活动完了我就和同学一起写作业，今天的日记一定很精彩。"看到孙女坚定的眼神，刘老师无奈只得让她参加。

别看这些小楼道长既没级别，也没待遇，可他们的作用却不可小视。社区里到处是他们活跃的身影，许多大人熟视无睹的不文明行为，都别想逃过他们的眼睛。

"叔叔，遛狗得拴绳子，你看那个小弟弟，被你家的狗吓得跑到妈妈身后了。"这个居民一听，赶紧把狗抱了起来。"小朋友，绳在我兜里，你能帮我拴上吗？"腾不出来手的主人问。"我可喜欢狗了，可是我妈不让我养，我帮你拴绳子，叔叔我能摸摸你的小狗吗？"两个人你一句我一句地聊着，事情就在友好的气氛中得到了解决。

在一旁清理卫生的张豪文对王英民说："这要是咱上去劝说，指不定翻几个白眼呢，这些小楼道长人不大，作用还真不小。"王英民在一边笑着："不只是少了几个白眼的问题，关键是社区里一下变得更加团结友爱了。这些小家伙真是越看越可爱，我得给校长打电话表扬表扬他们。"

社区组织的红领巾楼道长实践活动获得了金普新区文明实践金点子品牌。第一批红领巾楼道长陆续小学毕业了，社区又把空缺的位置补齐,还让"前任"给"现任"传授经验,每一次交接仪式都搞得挺隆重。

一个个"红领巾"化身为一个个美丽的"小天使",穿梭在楼宇间,活跃在人群中,飞舞在更多人的心里,带着勤劳、勇敢、善良,带着芳华、春风、阳光。

提升

论地位,他们不居庙堂之高,也未处江湖之远;论能力,他们无法解民于倒悬,救民于水火。生活平凡得不能再平凡,工作琐碎得不能再琐碎,他们却用年复一年的执着与坚守,日复一日的敬业和奉献,给更多的人带去相亲相爱的温情,传递着相濡以沫的温暖。

"这里是金星小区19号楼,附近谁家有硝酸甘油?快,快……"发在楼长群里的这一串文字,让人一下子把心提到嗓子眼。

此时,躺在地上的柳庆轻轻挥了挥手。身边的人都明白,她是不想把自己的病情告诉更多人,更不愿意在这风雨交加的夜里麻烦任何人。

这两天一直和柳庆一起防汛的同事心疼地说："唉，看到她每天工作状态的人，都知道她的身体早就亮了红灯，加上这几天没有好好休息，今天又紧急处理了一个突发状况，这是超负荷劳累引发了心脏病。"

台风"利奇马"来袭，水利部启动Ⅳ级应急响应，省、市、区开始发出各种预警信息，召开各种会议，紧急部署防台防汛工作。随着气象部门随时发布的动态信息，暴雨从橙色预警到红色预警，无数双眼睛在关注着台风路径和暴雨走向，社区工作人员也都枕戈待旦忙碌不息。

同历次暴雨来临之前一样，所有的社区都会灯火通明，有的负责接听电话，有的关注实时动态，有的分片巡逻，有的负责居民转移。

柳庆和同事连续三天在单位值班，根据雨情及时疏通排水口，设立警示牌，对挡土围墙进行加固……

下午，柳庆身披雨衣脚穿雨靴，带人到小区巡查，发现一处民房漏雨严重，两位老人正在用大大小小的塑料盆接水排水。柳庆没有丝毫犹豫，迅速组织人员将老人转移，对漏雨的屋顶进行了处置。等到一切都安顿妥当，天色已经暗了下来，她又联系附近的餐馆，为老人送去热乎的小米粥和炒菜。

喘息的间隙，她忽然想到自己的老父亲，因患蛇盘疮卧病在床，这两天忙于防汛，都没抽空回家看上一眼。

柳庆平时就是一个孝顺女儿，总是将老人挂在心上。同事看出她此时的心事，都劝她回家看看老人。柳庆寻思，这阵工夫大家都在吃盒饭，那就回去一趟望上一眼。

回到家中，她连忙给父亲敷上药，又到楼下的超市买来土豆芸豆，想给老人做点他喜欢的饭菜。土豆刚刚削完皮，米还没下锅，电话铃声就急促响起。"金星小区地下仓房进水了，很多电器都泡在水里。"得，饭是不能做了，柳庆知道事态的严重性，如果不抓紧排水，浸在水中的电线很容易引起触电事故。她只能给父亲泡了一碗方便面，自己还未来得及吃上一口，就匆匆地冲进雨中。

金星小区地势低洼，因为建设年代久远，地下排水一直不畅，每次防汛这里都是重点。等到她和张振强、志银华等人来到现场，只见19号楼的地下仓房全部被淹，积水已经没过腰部，木板、泡沫箱、塑料瓶等杂物漂浮在水面上，满眼看去一片浑浊，有人往外搬运冰箱时，现场还闪现出火花，情形十分危急。

柳庆安排人员立即拉下仓房的电闸，又冒着大雨，买来三台水泵，马力全开进行排水。她还蹚着水，一次次把居民的物资转移到高处。居民的家当不一定有多值钱，但锅碗瓢盆针头线脑都是一点点积攒而来，面临突发情况，社区工作人员必须帮助居民尽量减少损失。

又饿又累又冷，患有心脏病的柳庆终于坚持不住了，她眼前一黑,倒在水里。同事见状,立即把垫子铺在她的身下,一边发出寻药消息,一边拨打了120急救电话。附近的居民立即把药送来,因为服药及时,柳庆逐渐清醒过来。

人称"拼命三娘"的柳庆,二十多年前开始从事社区工作,一旦遇上急难险重的情况,小车不倒只管推的她,总是第一时间出现在第一现场。

因为天气寒冷,小区多处房屋内的水管被冻裂,她及时赶到帮助抢修。丹大铁路扩建,居民与施工方发生冲突,她闻讯赶到进行劝阻化解。

用脚步丈量街头巷尾,用行走拉近与居民的距离。有人细数过社区的日常工作,包括党建、工会、妇联、综治、网格、城管、征兵、宗教、社保、垃圾分类等100多项事务,作为社区一家之主既操心又费力,即便是钢筋铁骨有时也难以承受,何况一个个血肉之躯。

"假如不是社区工作者,就可以在节假日睡到自然醒,不会让远方始终遥不可及;假如不是社区工作者,就可以按时下班,为家人做一顿可口的饭菜;假如不是社区工作者,就少了许多积攒下来的委屈,不用随时处理层出不穷的矛盾纠纷。然而,我是一名社区工作者,选择了这样一份平凡的工作,就是选择了一个质朴的人生。"

这是网络转发量很高的一段话,也是代表所有社区人心声的一段话。其实掰开指头数一数，还有许多许多的"假如"，可最终都会败给一个"然而"。

"民之所忧，我必念之；民之所盼，我必行之。"身为社区带头人，因为深深牵挂，所以念念不忘，这就是刁雪莹"为居民解忧，为百姓纾困"的价值追求，是张团一"行程万里，不忘初心"的公仆情怀，是于秋风"以苦为乐，拼搏奉献"的奋斗宣言，是单连富"亮身份、作表率、树形象"的实干豪情……

就像今天，人们凝视着柳庆在风雨中踉跄而又坚毅的身影，会倏然明白，什么是真正的感动，什么代表相濡以沫的力量。

民有所呼，我有所应。一人在岗，事项通办，"全岗通"打破原有各司其职、各尽其责的"流水线"工作模式，每个社区工作人员都要具备办理所有业务的能力，达到"一专多能、一岗多责、全岗都通"。

"最后一题咱抢不抢？我这小心脏，紧张得都快要蹦出来了。"渤海社区的王子扬悄悄问身旁的王鑫。"必须抢，咱都准备那么长时间了，哪能与决赛失之交臂？"她俩小声嘀咕着。

比赛现场的气氛愈发紧张，最后一题答案正确与否决定着哪支队伍能够进入先进街道社区全岗通大比武的决赛。

主持人念出了题目:"请回答,最低生活保障申办的条件?""叮!"抢答器清脆的声音再一次响起,抢到答题权的金润社区,派出了王牌选手王珊。"首先要具有本市户籍,共同生活家庭成员人均月收入低于当地低保标准……"随着王珊干净利落地回答,金润社区获得了关键性得分,毫无悬念地进入了决赛。

在全场热烈的掌声里,被淘汰的渤海社区队员却有些无精打采。"大家笑一个,我们就是手速慢了点,要是能抢到,拿分同样不在话下。"社区主任张团一送给每名队员一个拥抱,大家低落的情绪才渐渐消散。"快回社区吧,赵姨听说你们今天代表社区比赛,特意做了海肠锅贴送过来,不要都不行,现在回去还能吃上热乎的。"

"关键时刻掉了链子,我这脸都成锅贴了,还吃啥?"王子扬低声说。"咱们准备了那么长时间的全岗通大比武的目的是啥?是为了比赛取得好成绩,更是为了提升大家的业务技能和综合素质,比赛嘛,明年还可再战,我看好你们!"一行人聊着比赛,聊着海肠锅贴,往社区走去。

在基层一线,社区的组织架构一般有党建、民政、劳动保障、城建、计划生育、退役军人、文体教育、经济安全等多条线,这种组织架构虽然职能清晰、分工明确,但面对日益复杂化、多元化的社区事务，各条线之间容易形成信息壁垒，不利于相关政策的传达实施。

"我想来办理一下低保认证。""对不起，小王今天去街道办事了，你等明天再来吧。""我想咨询一下调整后的医保政策，你们谁能给我解答一下？""不好意思，这个政策刚刚出台，我也是刚来社区，还没研究明白。"以往在社区，这样的对话会时常出现，这样的投诉也并不鲜见。居民可不清楚你在哪个岗位，也不明白你所擅长的是什么，只要有疑难事、麻烦事，他们就希望社区能以最短时间、最高效率、最好态度加以解决。

年轻人参加社区工作时间短没经验、社区人手不足无法兼顾、对自己分工以外的业务了解不深不透……这些都不能成为让居民"跑二次"的理由。为了让社区工作人员尽快成长为"全科"人才，街道办事处组织了全岗通大比武，这才有了前面比赛的场景。

渤海社区人口多、环境差、基础设施老旧，社区承担的各种压力显然要更大一些。张团一基层工作经验丰富，她想借助大比武的契机，把队伍整体素质往上拽拽。

"为山者，基于一篑之土，以成千丈之峭；凿井者，起于三寸之坎，以就万仞之深。"她深知，若想成为优秀的社区工作人员，就不能放松对新知识的钻研，对新经验的汲取，对新理念的掌握。

凡事预则立，临时抱佛脚可不行。刚过完春节，张团一就带着大家利用空余时间进行全岗通培训。每个工作人员都承担好几摊事情，全都聚在一起培训不现实，只能采取"集中+分散"的培训方式。人到齐了就"专题讲解"，请来培训师，讲授业务工作的主要内容、流程和注意事项；人少时就见缝插针，小范围交流讨论，复盘存疑的知识；要是都在工位上处理事务，就采用"现场解答"的形式，一对一相互观摩交流。

一个多月后，大家都觉得自己的业务能力明显提高，尤其是刚来的几位应届大学生，面对居民的各种琐事也开始处理得游刃有余。效率提升了，热情也提升了，大家都摩拳擦掌等着上赛场一展身手。

参赛的一行五人回到社区，同事们已经知道她们没有挺进决赛，但是没有半点责怪和埋怨。

正准备开饭，大厅来了两位阿姨，进门就说要找小徐，她口中的小徐是社区负责劳动保障的工作人员。走到她的工位上一看人不在，阿姨脸上露出失望的表情："这还没到饭点，人咋没了呢？"

正在大厅的张团一就说："阿姨，你俩找小徐啥事啊？她家里有点急事，临时请假早走了十分钟。""昨天小徐帮我弄好了退休认证，我这个老姐姐也不会，下午我俩还要去学跳舞，就合计这会儿带她过来，没想到小徐不在，害我们白跑一趟。"张团一说："阿姨，谁说你们白跑了，现在社区推行全岗通，每个人都是'全科医生'，啥疑难杂症都手拿把掐不在话下。"惊喜真是无处不在，阿姨一听谁都能办，脸上顿时绽开了笑容。

张团一连忙喊来因没抢到答题机会而耿耿于怀的王子扬："你答题的机会来了！""咋回事啊书记，咱还能继续参加比赛？"张团一笑着说："你这孩子真掉比赛坑里了，我和你们怎么说来着，比赛不是最终目的，提升业务能力才是真本事，检验你的时刻到了。"

"得令，保证完成任务！"到底是年轻人，王子扬风风火火地就跑过来，首先和阿姨说了退休认证的重要性，然后讲解怎么操作。在阿姨的请求下，王子扬又热心地帮着她们在手机上完成了认证。两位阿姨乐得合不住嘴，不停地夸道："这个全岗通好，真是把工作干到老百姓心坎里了，孩子快进去吃饭吧，等改日我们给你们包饺子吃。"

送走了阿姨，王子扬又风风火火跑回去，兴高采烈地说："今天我能吃八个锅贴，谁也别和我抢。"

"踏遍千山万水、走进千家万户、无惧千辛万苦、只为千真万确。"什么是幸福？在不同境遇中、不同时间里，每个人都有自己独特的感受和标准。幸福在哪里？越来越多的人开始从氤氲的烟火中、晶莹的汗水里、奋斗的脚步里找到答案。

大国点名,没你不行。

"没你不行",这是对需要积极配合人口普查的每一位公民说的,而对于松苑社区这些年轻的工作人员来说,还有着特别的意义,能够参与第七次全国人口普查,不但是一副沉甸甸的担子,而且是必须倾心尽力完成的"军令状"。

一张工作证、一件红马甲、一部手机、一句"您好,我是第七次全国人口普查员",这些社区工作者又有了一个响亮的名字——人口普查员。"打扰您了,我是社区人口普查员华芳,这是我的工作证,我们正在进行人口普查,麻烦您配合申报资料。"普查工作开始后,这是华芳说过最熟练也最频繁的话。解释完人口普查的目的和意义之后,华芳就要开始具体询问住址、户主姓名、居住情况等信息,将每户的信息录入电子设备后,再一一核对签字,并实时上传数据,至此才算完成这一户的普查任务。

小区里居住的流动人口多且情况复杂,每家每户都要仔细辨认,入户登记难度大。李林姝每天都要敲开几十户的家门,晚上回家忙完家务后,又要统计当天走访的数据,再录入系统,等到都忙完已是凌晨时分了。

李琳的"时间线"拉得很长,从早上开始到晚上八九点结束是常事,走街串巷、爬楼入户是她主要的工作状态。

有时,她也会在楼宇间来回转悠。"虽然进行了电话预约,但难保有的居民不在家,或者只有不熟悉情况的老人在家,所以'扑空'是常有的事。"她说,"在这里转悠,是为了'逮'人,看能不能偶遇一下那些还没普查过的居民。"一户一户走下来,她觉得应该给自己发个"金靴奖"。

"家里住了几口人""身份证号是多少""家人户籍都是本地吗"……每张表格的准确填写、每个数据的反复询问、每个阶段的信息录入……停不下的脚步,说不完的话语,熟悉得不能再熟悉的工作程序。星光不问赶路人,人口普查员一直在不停地赶路。

一天,车宏对刁雪莹说:"你说我是不是年龄大,脑瓜不够用了,人口数据整天弄得焦头烂额,还要处理其他事情,真有些力不从心。"即使在人口普查最忙碌的时候,社区常规业务也要照常进行,每个人都显得应接不暇,顾此失彼的情况偶尔会出现。刁雪莹看到车宏多少有一些焦虑,便安慰她说:"千头万绪的事交织在一起,难免有个小纰漏,你也不要什么问题都自己扛,我们是一个团队。"

"你未上班我已到位,你已下班我仍在岗",时间总在不知不觉中流逝,社区的同事忙碌起来,已经连续十多天没吃过一顿像样的饭菜了。

周六下午,王红妮对大家说:"我想给大家做顿晚餐,大家喜欢吃什么,快快点菜。"说完就走进厨房开始忙活。

刁雪莹本来想说随便吃一口就行了，可是看到大家兴致颇高，便改口道："那就有劳红妮，给我们补充能量。"大家都过来帮厨，刁雪莹也来到厨房，一边择着手里的青菜，一边跟大家说，今天都早点回家调整一下。

开饭了，大家一边吃，一边唠起兄弟社区的同行们。张团一带队去轻工学院，深夜路过一片黑咕隆咚的菜地，有条流浪狗从路旁蹿出，一边狂吼一边追了过来，吓得她们撒腿就跑，有人把鞋都跑掉了。马红除了完成分管的小区外，还要合理协调每位人口普查员，三岁的女儿因肺炎住院，她无法全程陪护，只能在每晚人口普查结束后，赶到医院探望孩子，还要借着走廊的灯光，在手机上录入信息。

这样的事例越说越多，看来兄弟社区的同行们都不容易，尽管遇到的难题各不相同，但是付出的辛苦都是一样的。

丰盛的美食缓解了连日来的疲惫，吃完饭，刁雪莹挨个撵着大家回家休息，可是谁也不迈步。她恍然大悟，原来这些同事是瞒着她达成了默契，约定好今晚要大干一场了。"打电话跟业主沟通好了，他们几点下班，我们就几点过去。""很多居民都是晚上七八点钟下班，我们必须根据他们的时间安排上门。"

晚上10点多，刁雪莹和同事还在核对数据，突然接到王明阳的电话，他一边喘着粗气，一边着急地说："在入户登记时，居民家的小猫在走廊乱蹿，尹玉琳怕踩伤小猫，加上楼道光线不好,一个躲闪不及,就踩空摔了下来……"

"赶紧去医院!"一听尹玉琳摔倒,刁雪莹非常担心,赶紧联系还在岗位的同事,大家已经非常疲惫了,而且干得太晚也会影响居民休息,要求所有人员集体收工返回社区。

回到社区后,大家都十分关心尹玉琳的伤情,一边录入数据,一边等待来自医院的消息。凌晨,尹玉琳打来电话,跟大家讲了去医院看病的过程,由于金州区第一人民医院仪器故障,只能换了一家医院拍片,结果显示腰部左侧横突骨折。尹玉琳说:"很遗憾,这段时间不能跟大家一起并肩作战了。"

视频中,大家都红着眼圈对尹玉琳说:"你的任务我们替你完成,希望你早日康复,我们等你回来,大国点名,社区也点名,没你都不行。"

惟其艰难,才更显勇毅;惟其笃行,才弥足珍贵。为期两个月的时间里,社区工作人员每日伴着晨光熹微与灯火阑珊,穿梭奔走在大街小巷。

也许与填报各种表格有关系,刁雪莹最近对数据产生了兴趣。她掰着指头说:"全国11.1万个社区,我们只是其中之一,全国400多万名城乡社区工作者,我们也是其中之一,但是具体到所在的社区,没我们还真不行。"

对于许多人来说,工作上的忙碌是有阶段性的,就是常说的咬咬牙坚持坚持，忙过这一阵就好了。而对于社区工作人员来讲，则是忙过这一阵，就该忙下一阵了，完全可用无缝衔接来形容。但他们忙得不亦乐乎，忙得心甘情愿。

虽然天天与居民打交道，但只是下"接地气"也不行，还要放眼数字时代，上"接天线"。每一个追求，都打造着止于至善的高光时刻；每一次提升，都回响着追光前行的铿锵足音。

"妈妈，等去了重庆，我一定要去洪崖洞，电视里面说那儿景色可美了。""好的，我们还要一起去吃地道的重庆火锅。"王鑫鑫高兴地回应着孩子的话。这一晚，一家三口都在谈论着即将开始的重庆之旅。作为社区"老人"的王鑫鑫，已经连续三年没有休过年假，所以这次计划中的出行也让她兴奋不已。

第二天早晨刚刚上班，手机就传来一条信息："鑫鑫，区里组织了'工匠杯'政务服务综合窗口技能大赛，我们考虑再三，在社区层面选了三名综合素质较高的选手参赛，你好好准备，争取拿个好成绩……"

接到街道的参赛通知，再一看比赛时间，正好与去重庆的日子冲突了，王鑫鑫第一反应就是放弃比赛，因为孩子昨天晚上那期待的神情清晰地浮现在眼前。

她将弃赛信息编辑好，却迟迟没有发送。"如果我放弃了，就失去了一次自我素质提升的机会，也辜负了上级的信任。"

"那你先好好比赛，等比赛完了咱们带孩子去儿童公园玩，明年再去重庆，孩子的思想工作我来做……"听到爱人对她的理解和支持，王鑫鑫最终坚定了参赛的信心。

赛前，组委会发放了考试范围和提纲，王鑫鑫把相关内容捋顺了一遍，那热血沸腾想取得好成绩的信心瞬间灭了一半。八百道题目涵盖了多个领域，甚至涉及大数据、人工智能、城市更新等专业，已经超出她平时接触的知识范畴。

"说句玩笑话，这些题认识我，可我并不认识它们，真是狗咬刺猬无从下口。"时间不等人，一向不甘示弱的王鑫鑫虽然思想上产生了一点小小的波动，但她很快就调整好心态。这既是一次比赛，又是一次挑战，既然接下了，就必须全力以赴，绝不能仅仅去刷个存在感。

王鑫鑫拿出当年高考备战的状态，白天在单位按部就班地忙工作，午休和晚上下班回家就投入学习当中，直至深夜还在默默地刷题，标重点记错误，一道道一页页。每天清晨定好 5 点的闹钟，睡眼惺忪地爬起来重新做一遍错题，上班途中哪怕是等待红绿灯的时候，她也会拿出题目瞅上一眼。她的心里有个小目标，一题不错，一分不丢。

家务活儿是主动而彻底地放弃了，购物休闲的日历全部撕掉作废。孩子央求带他去公园玩蹦床，她拒绝了；难得过来探望的妈妈，想让她陪着一起逛个街，她拒绝了……她在心底说，所有对家人的亏欠，等到比赛结束，一定要好好弥补。

备战期间，同事们看到王鑫鑫这样用功，既佩服又心疼，孙伟秩、赵玉泉、王露……除了伸出援手，帮助她承担部分工作之外，有的为她买来冷饮，有的给她讲笑话帮助缓解紧张情绪，有的陪她模拟比赛的场景。

大多数同事都把她的比赛当作整个社区集体风采的展示："你不是一个人在战斗，我们就是你超级无敌的后援团。""苟富贵勿相忘，如果你能获奖，高低要给我签个大名。"

但也存在个别质疑与不解的声音，或者认为这样的付出完全不值："不就是比个赛吗，又不赢房赢地的，至于这样拼命？"

"这次比赛与以往的高考或职称考试的确不能相提并论，我也不是完全在乎最终会取得什么名次，但总感觉难得能跟其他行业的优秀选手一起竞技。这是擂台，也是平台，必须让外界知道，'社区人'也是有两把刷子的。"王鑫鑫袒露着心迹。

题目难，题量大，时间一天天过去，她心里就像着了一团火，临比赛前终于把自己憋出了"内伤"，满脸红色疱疹，而且又痛又痒，经诊断为神经性皮炎，医生说是心理压力过大造成的。是啊，百病火中起……为了不影响比赛时的气质形象，她一边调理皮肤，一边继续学习。

比赛那天，王鑫鑫身着正装，淡定从容来到赛场，面对身旁一个个自信满满的选手，她没有退缩，并且以预赛满分的成绩挺进决赛。决赛时现场抽题，现场作答，题目新颖且有深度。凭借多年来与企业、居民打交道积累的经验，以及营商环境方面的知识储备，王鑫鑫思路清晰，全程高能，自信并且精彩地回答了所有题目，多次赢得评委和其他选手的掌声。

最终，王鑫鑫获得了街道组第一名的好成绩。颁奖时，泪水一直在她眼眶里打转。夙兴夜寐的努力、锲而不舍的坚持，这个成绩足以让人对社区工作者刮目相看。

社区召开了一个小小的庆功会，王鑫鑫道出了自己的心声："最大的收获还是找到了短板和弱项，以前觉得在基层凭经验就可以了，其实包括韧性城市、城市大脑、数字赋能等很多知识已经是必须掌握的常识了，不了解就会成为时代的落伍者。"

"智慧社区建设大有可为，利用物联网、云计算、大数据等新一代信息技术，融合社区场景下的人、事、地、物、情、组织等多种数据资源，能够有效提升社区管理与服务的科学化、智能化、精细化水平。"王鑫鑫还结合这次参赛所学的知识，跟大家一起进行了分享。

"鑫鑫这是十年窗下无人问、一举成名天下知啊，作为资深的老同事，我们也跟着狠狠地展扬了一把。"

"鑫鑫，那天你的战略和战术都有点藐视众人，信心爆棚。"

"真能唠个嗑，这不恰好说明咱社区人不但自带滤镜，还自带光环。"

"虽然革命不是请客吃饭，但面对一群吃货，我预测此次会议最后一项日程将是一顿丰盛的晚餐。"

"建设未来社区、完整社区，需要不断补充新能量，这样才能干一行精一行，年轻人必须当仁不让，像我这样半把年纪的也要迎头赶上。"毕竟是搞过曲艺的，于秋风出口成章还合辙押韵，"现在都AI时代了，如果还总去翻那些老皇历，就会张不开嘴跟不上溜。以后咱社区每周搞一次读书分享会，大家都少追一部剧，多读一本书，少刷一次视频，多写一篇文章。另外也要做到张弛有度劳逸结合，这次先给鑫鑫一个奖励，把年假休了……"

人生苦乐，坦然诉说每一份眷恋与热爱；职场钩沉，从容面对每一次失意或风光。这是一群擅长用创造诠释人生真谛的人，这是一群喜欢用行动表达内心情感的人。

"丹丹，你的大作又发表了。"同事小李拿着刚刚送来的报纸高声喊着。妇女节前夕，赵丹丹写了一篇散文《最美女人花》。"我发挥一下自己天花板级别的才华，给大家朗诵朗诵，都听好了，如果有掌声，就送给作者好了。"另一位同事主动请缨，"三月是花开的季节，更是属于女人的季节。这也让我想起了身边的女人：每次家庭聚餐，最先在厨房忙碌却最后一个上桌的婆婆；生病住院时，还不忘惦记老伴儿和女儿的妈妈；还有敬业奉献的同事和热心助人的邻居……女人有百种姿、千种美、万种情，最美女人花，开在心上，醉在心头！"

"到底是'大作家'，还把我们给带上了，不过以后得给我们再加点笔墨，让外界了解了解我们这个勤劳勇敢加智慧的群体，咱社区还有好几个女孩没找到称心如意的另一半呢！"郭丹萍既有鼓励，也有建议。

刚进入社区时的赵丹丹每天都在处理各种琐碎的事情，准备各种迎检档案材料，这些日常的事务性工作让她感觉有点枯燥。为了消解这样的情绪，她闲暇时就读读书看看报，一点点就喜欢上了，从书报里既能学习到更多社区治理的经验和技巧，又能从文字里找到精神上的共鸣。

一天，利用午休时间，赵丹丹又捧起小说《社区公敌》，书里描写的人物好似就在身边，叙述的事情仿佛就在眼前。小说以一个大型社区为背景，大爷大妈是主角，他们精力旺盛，热心公共事务，也善于借着自己不满意的事情在业主群里鼓动。她一边看着小说，一边琢磨着如何面对这样的群体，答案还没捋清楚，就来了一位老人。

九十一岁的孙大爷从大连市内坐快轨过来，想让社区帮他寻找一下失联多年的老友。接待他的赵丹丹从来没有听说过孙大爷朋友的名字，孙大爷顿时露出失望的表情。按照社区首问负责制的要求，赵丹丹把老人迎进了会议室。"大爷，你能给我讲讲你和朋友的事吗，我可以让其他社区的同事帮助打听一下。"原来，孙大爷四十年前在八里村果园工作，与一位李姓朋友关系很好，后来他家搬到大连，八里村也已动迁，两位老友便失去了联系。"岁数大了，特别想念老朋友，也不知道现在是否健在……"老人情绪有些激动，眼里泛起泪花。

于士玉给老人倒了杯开水，安抚他不要着急，赵丹丹和宋旸分别联系八里村和周边社区的工作人员。经多方查找，这位李姓朋友身患脑血栓，已经神志不清。赵丹丹立刻告知老人，并让老人跟朋友的家属通了电话，约定方便时间过去探望。"谢谢你们，满足了我的心愿，我没有遗憾了。"随后，赵丹丹又联系了孙大爷的儿子，把老人安全接回了家。

下班后坐在公交车上，赵丹丹脑海里还在回想着这件事，她想让更多人感受到人间真情，也分享一下"社区人"

的成就感。当天晚上,她就撰写了一篇《耄耋老人寻友,多方帮圆心愿》。三天后文章见报,同事都很佩服她,居民前来寻亲访友的"业务"也多了起来。从那时起,赵丹丹笔耕不辍,从鸿玮社区到天诚社区,社区里面发生的事,通过她的笔端传播了出去。几年下来,她共发表了七十余篇社会新闻。

在参加开发区大剧院演出志愿服务的过程中,赵丹丹结识了一位同是志愿者的作家,在这位作家的鼓励和辅导下,赵丹丹利用业余时间,参加了一些文学写作交流活动,得益于基层工作积累的素材,她写出了一批诗歌和散文,发表在《诗潮》《辽河》等报纸杂志上,还成了大连市作家协会会员。

打铁还须自身硬,为了更好组织居民开展文化活动,各个社区工作人员也纷纷展示自己的才华,或挥毫泼墨,或写诗填词,或在晚会大展歌喉,或在舞台翩翩起舞。他们以这样独具一格的方式,掌握着与居民相互沟通的流量密码。

在学习强国平台上,会看到朱洁、高称称、王鑫鑫等人的摄影作品,郭丹萍、张倩昀、马红、刘琼英的文章也经常见诸报端。由王英民编排,宋旸、李霞、李茜、于颖等人参演的歌伴舞《向快乐出发》,在全区"文化惠民活动"中,进行了巡回表演……

用眼睛看社区万千风景，用耳朵听社区社情民意，用心用情撰写属于"社区人"的精彩篇章，工作之余，许多人愿意将自己的一些感悟记录下来。他们依靠出色的演技为自己"加戏"，也以出众的才华为自己"涨粉"，有时在不知不觉中就刷爆了朋友圈。

"当同样忙碌的家人好不容易抽空想和我们谈谈心时，我们只能报以歉疚的眼神；当乡下的父母想让我们陪着逛逛街时，我们又让老人失望而归；当因为加班而把年幼的孩子送到爷爷奶奶家时，孩子委屈的样子让我们暗自流泪。"这是关成科的微博。

"有热闹的鸟鸣和安静的阳光，有莫扎特的音乐和杜甫的诗，有木质的茶几和布艺的沙发，有杯中散发香气的红茶，有炉上的菇菌汤充盈满屋的人间烟火……在假日里，我只想过这种'一屋、三餐、四季'的平凡日子。"这是刘莎莎的日记。

"心有所向，不问归途。参与创立阳光家园志愿服务工作站以来，我策划组织大小数百次公益活动。数不尽的日月更迭，记不清的寒来暑往，在街头巷尾的烟火气中，我愿用风尘仆仆的脚印，丈量平凡与崇高之间的距离。"这是张倩昀的心语。

人生最高贵的底色，不是财富地位，也不是名声，而是精神的丰盈与灵魂的进阶。

事业发展需要一代又一代人的赓续，社区工作也需要一棒又一棒的接力。在追赶梦想的路上，每一个岗位都是他们施展才华的舞台，每一条街巷都是他们干事创业的疆场，每个人都是敬业奉献这幕大戏的主角，每个人都进行着最真实最感人的本色演出。

"昨天小阎的妈妈告诉我，说她又把自己分担的任务带回家，变成他们全家人要完成的作业了。""最近我们社区重新调整了分工，结果宁宁的爷爷听说后，因为不满意，特地找过来好顿蹦跶呢。"

社区来了年轻人，让每个社区的当家人多了一丝幸福的烦恼。幸福的是，一群专业知识丰富的年轻后浪涌入社区，带来了新的思维和理念，也让社区更加充满朝气与活力。烦恼的是，这些被家长捧在手心泡在蜜罐里的孩子，很多人连自己的事情都需要父母帮助打理，如今却要面对居民那些层出不穷的烦心事、闹心事，他们还需要一个过程来适应角色的转换。

随着居住人口数量的增加，先进街道办事处相继成立三个新社区，招录了一批应届大学生，原有的社区也陆续补充了新鲜血液。

"你这么年轻，为什么要进社区？"当大学生的雄心勃勃、青春热血、潇洒肆意遇上基层社区的家长里短、婆婆妈妈，会是一种怎样的情形？两股看似截然不同的"气场"

如何相融？

"社区工作可是个好汉不稀罕干懒汉干不了的活儿，初出茅庐的年轻人能行吗？"面对质疑，不服输的年轻人会在心里回应："行不行，事上见。"

这几天气温骤降，程菲却依然奔走在街头，帮助居民处理一桩桩纠纷，随着时间的推移，他对工作的信心越来越坚定。刚出校门走上社区岗位时，他曾经满腔热情，以为凭借自己所学的专业知识，处理一些琐碎小事完全不在话下，可没想到的是，他的事业心一开始就遭受了挫折。在调解时，程菲因为不懂人情世故，仅凭那些法律条文处理纠纷，当事方不仅不买他的账，偶尔还产生争执，一言不合自己竟变成闲杂人等。后来，经过有经验的同事提点，他学会了主动跟居民沟通，带着温度服务，既坚守法律底线，又顺应人情需要，努力让双方达成和解。几年下来，他也有了心得：来的都是客，全凭热心肠，相逢开口笑，过后也思量。

许多像程菲这样的年轻人，入职社区以来，行走在大街小巷，协调着邻里矛盾，关切着居民境遇，在不经意间收获了许多人生的"第一次"。第一次被小区居民劈头盖脸骂，第一次策划组织小区活动，第一次和物业严肃讨论问题……这一个个"第一次"成为他们人生难得的阅历，也成为他们砥砺前行的动力。

朝夕相处之间，"老社区人"成为"小字辈"眼里的偶像。

具有多年经验的"老社区人"毫不吝啬地手把手传道授业解惑,帮助入职不久的"小字辈"迅速找到自己的职业坐标,即便是提炼感悟的"独门秘籍"也从不藏着掖着。年轻人毫不掩饰的崇拜,老人毫不吝啬的夸赞,这不是相互恭维,而是取长补短,共同提升。

一条"金普姑娘当'导游',大连喊你来旅游"的短视频传遍网络,浪漫时尚的城市风景与两位姑娘海蛎子味十足的大连话打动了很多网友,也让更多的人认识了天诚社区的宣传专干宫宇和于海君。

"小宇,你把咱们的小方桌活动写个总结给我。""好的,下午就能发给你。"总结报上来,社区主任郭丹萍一看,脑瓜子嗡嗡的,流水账一样的文字,数一数还没超过三百字。"小宇,如果说一篇文章是一棵大树,除了要有主干,还要有枝叶和花朵,你这份总结,如果加上我们精心策划的场景、活动时孩子们的欢笑,还有家长之间的互动,就会更丰满和生动,对不对?"具有多年写作经验的郭丹萍毫不保留地传授着,听得宫宇直点头:"哎呀,以前我对写材料是两眼一抹黑,你这一比喻我就明白了,等我再用心写一稿。"

就这样,社区的年轻人迅速成长,很快就能独当一面。为了更好地展现新时代年轻社区工作者的风采,宫宇就和于海君结成了搭子,学习和研究新媒体的运用。当她俩看到市文明办致全体市民的一封信后,主动投身"人人都是宣传员"活动，自己搜集资料，自己撰写解说词，又请社区里的视频高手李靖昱帮助拍摄。她们以乘坐地铁游大连的沉浸式体验方式，将中山广场、金石滩、跨海大桥、大黑山等地标性景点拍摄成视频，记录下城市的人文风情，向市民和游客展示大连的独特魅力。

康润社区是一个成立不久的新社区，刚走上负责人岗位的孔令楠看起来瘦瘦小小，但是工作起来却是干劲十足。孔令楠以前一直在鑫润社区工作，在于秋风的带领下，她学到了如何与居民相处，如何带出一支有凝聚力和战斗力的队伍。

因为鑫润社区居民数量多，社区工作人员为了方便管理，就划出一部分成立了康润社区。康润社区的办公地点就在鑫润社区的楼上。"于姐，领导刚才找我谈了，我心里有点不托底，你说我能把这副担子挑好吗？""楠楠，领导征求意见时我就推荐了你，这些年你的成长进步，大家都看在眼里，你尽管放手大胆去干，我不还在楼下吗，我永远是你最坚强的后盾。"于秋风鼓励的话语，让孔令楠信心倍增。

成立两年来，康润社区创建了"最后一米"流动服务站，以定期流动、定点驻扎的方式，在网格内开展"代办到家门，宣传到身边"服务。康润社区还启动了"牵手小伙伴，实践我先行""牵手'蓝朋友'，科普慧居民""牵手老伙伴，最美夕阳红"三个志愿服务项目，努力解决社区"一老一小"问题。经济学专业的孔令楠还倡导推出以社群生态为核心的社区创业空间，一头连资源，一头做服务，建立了"迎春之花"妇女创业平台，以创业带动就业，向"全龄"友好型社区迈进了一大步。

"我们可以像一只只色彩鲜艳的蝴蝶，在千百户群众之间穿梭飞舞，也可以像一颗颗多彩的石头，托起责任，扛住压力，奉献自己的青春和力量！"学府社区的李郅颖在街道演讲比赛上的发言，赢得了满场的掌声。文静秀气的"00后"小姑娘因为得到了石秀颖等大姐姐的精心指导，从一开始迷茫彷徨到逐渐进入角色，现今已能将城市管理和垃圾分类等工作干得亮点纷呈。在发表获奖感言时，她说："刚到社区时，除了工作量繁重让我感到疲惫之外，并没体会到太多责任和担当。在社区前辈的指导下，渐渐觉得这个岗位也能实现自己的价值，我也完成了第一次人生蜕变。"

"志之所趋，无远弗届，穷山距海，不能限也。"在街道组织的培训班上，谈及社区年轻人队伍建设，曾在多个社区担任过主任的王世鑫接过话筒："如今，越来越多的'90后'和'00后'已经成为'追梦人'，他们已经不再是人们眼中顽皮的孩子，终有一天，他们会接过前辈手中的接力棒，把社区建设得更加美好。"现场响起阵阵掌声，为了社区事业赓续不断，更为了一代又一代"社区人"情感的交融和精神的接力。

新社区，新生代，将至已至，未来已来。

结语

　　从文脉源远的千年古城，步入风生水起的神州第一开发区，有一处驿站，让每一次驻足都值得铭记。

　　从碧波荡漾的黄金海岸，遥望巍峨耸立的辽南第一山，有一片风景，让每一次回眸都充满留恋。

　　得天时而居地利，享政通而有人和。一个富庶美丽的宜居家园，铺展着花团锦簇的缤纷画卷；一个魅力四射的现代城区，抒写着风情弥漫的瑰丽诗行。

　　这就是大连市金普新区先进街道。

　　这是一方赏心悦目的山水田园。静坐于夕阳笼罩的公园，聆鸟语而闻花香；徜徉在朝霞灿映的林荫，揽水光而抱山色。体验季节变换，感受时光眷恋，出入则诗情画意，来往则神清气朗,每一个和衷共济的梦想都在此汇聚。

这是一个怡情养性的美丽家园。浓郁的人居情景,高远的心灵境界,于繁华中享受宁静,在尘世间归隐自然。文化积淀深厚,自然环境优美,配套设施完善,每一份欢乐祥和的憧憬都在此凝结。

这是一处悠然自得的生活乐园。触摸珍藏于时间深处的记忆,还原淡泊从容的生活本质,静思岁月履痕的流转往事,领悟优雅超脱的生命真谛。从姗姗学步的纯真孩童,到精神矍铄的耄耋老人,有最真挚的亲情传递,有最和睦的人文关怀,每一个耕读传家的故事都在此传扬。

时光荏苒,还是那份炽热豪迈的情怀;岁月如歌,还是那片无怨无悔的衷肠。因为有了"社区人",一份份感动传颂着共建共享的温暖,一张张笑脸洋溢着安居乐业的欢畅。

春江碧水,冷暖自知,"同样的感受给了我们同样的渴望,同样的欢乐给了我们同一首歌……"

苦乐年华,坦然前行,"因为爱着你的爱,因为梦着你的梦,所以悲伤着你的悲伤,幸福着你的幸福"。

一路追寻理想,一路续写辉煌,"社区人"的脚步从未停歇;一路倾洒深情,一路放声高歌,"社区人"奋进的号角丝毫没有懈怠。

凡属过往,皆为序章。建设一流社区,这是每个"社区人"

任重道远的新使命,这样的使命注定要寄托着共创伟业的欢呼与喝彩;建设美好家园,这是每个"社区人"催人奋进的新征程,这样的征程注定要凝聚共襄盛举的祈愿和祝福。

因为"社区人"的相濡以沫,让每一次跋涉都停泊于温馨宁静的港湾;因为"社区人"的携手同心,让每一条归途都通往诗意栖居的家园。

在姹紫嫣红的庭院里,总有一朵鲜花,为幸福的人绽放,将珍藏于内心的眷恋唤醒。

在璀璨明亮的城市中,总有一盏灯火,为回家的人守候,将绵延于脚下的归途照亮。

后记

"当你们心花怒放,欣赏着漫天烟火璀璨/我却为一组组统计数据,独守着孤灯一盏/当你们阖家团圆,看着热热闹闹的春晚/一张张没有填完的表格,成为我又一个不眠之夜唯一的陪伴/当你们的茶几上摆满糖果和糕点/装着药片的瓶子就放在我的桌案/对于误解我无暇解释,对于恶语我从不争辩/我可以承受所有的谩骂和责难……"

街道召开的总结表彰大会上,当所有社区主任悉数登场,齐声朗诵这首我专门为社区工作人员创作的诗歌时,他们的眼中噙满泪水。这是属于他们的舞台,每个人都是主角,直白的诗句和朴实的朗诵,也把所有人带回那一个个平平常常却难以忘怀的日子。

后 记

　　五年前的一轮机构调整时,我主动要求从供职多年的政策研究部门调至大连市金普新区先进街道办事处。陌生的环境、全新的领域、繁杂的工作,在这个社会治理的最基层和服务群众的最前沿,我开始了与社区工作人员近三年朝夕相处的时光。

　　"我们共风雨,我们共追求,我们珍存同一样的爱。"勠力同心的共鸣,我知道他们所经历的春风秋雨,是多少心血汗水的挥洒;风雨同舟的心声,我知道他们所走过的街巷阡陌,由怎样艰辛的脚步丈量。

　　即使责任再重,从来没有推诿;就算压力再大,从来没有抱怨;哪怕困难再多,从来没有泄气。他们确实做到个个"一专多能、三头六臂、八面玲珑","十八般武艺"样样精通,苦苦修炼"七十二变"绝技,应对着工作中苦累繁艰的"八十一难"。

　　面对这样一个一道栉风沐雨的群体,面对这样一群共同披寒历暑的同事,我有必要也有责任将一幅幅守望相助的画面和一个个催人泪下的瞬间记录下来。

　　写作本书期间,因为工作重点的转移,我对原稿进行了两次重新修改。在这段时间,街道又增设了三个社区,社区队伍也进行了调整和充实。我后来也调任至另一个街道,不久又到了金普新区总工会,原定的写作计划便有所耽搁。但是,我始终铭记着那些同甘共苦的伙伴、那些难以忘怀的时光。于是，感动让我坚持，完成这个给自己安排的任务，为了一句承诺，也是为了一个心愿。

感谢先进街道党工委、办事处的鼎力支持，感谢各个社区同事在资料提供等方面的全力配合。为了保护个人隐私，文中部分人物采用了化名。

我知道，这只是一次浮光掠影式的采撷。这里所描述的人物，只是所有社区工作人员的代表；这里所表现的场景，也只是社区日常工作的缩影。仅一本书远远不能全景涵盖和呈现社区工作人员付出的所有艰辛与努力。

走近他们，就是体验他们的喜怒哀乐，就是品味他们的酸甜苦辣。我只希望通过这些尚不够精美的文字，让读者可以关注这个群体，可以懂得一份热爱的意义。同时，此书也是对自己职场乃至人生历程的一个纪念，更是向所有社区工作人员的一份致敬。

2024 年 9 月